Patrick Modiano

La Place de l'étoile

星形广场

〔法〕帕特里克·莫迪亚诺 著　李玉民 译

人民文学出版社
PEOPLE'S LITERATURE PUBLISHING HOUSE

著作权合同登记号　图字 01-2014-8259

Patrick Moniano
La Place de l'étoile
© Editions Gallimard，Paris，1968

图书在版编目（CIP）数据

星形广场/（法）帕特里克·莫迪亚诺著；李玉民译.
—北京：人民文学出版社，2017
（莫迪亚诺作品系列）
ISBN 978-7-02-012731-3

Ⅰ.①星… Ⅱ.①帕… ②李… Ⅲ.①长篇小说-法
国-现代 Ⅳ.①I565.45

中国版本图书馆 CIP 数据核字（2017）第 089352 号

责任编辑　**黄凌霞**
特约策划　**何家炜**
装帧设计　**汪佳诗**

出版发行　**人民文学出版社**
社　　址　**北京市朝内大街 166 号**
邮政编码　**100705**
网　　址　**http://www.rw-cn.com**

印　　刷　**上海利丰雅高印刷有限公司**
经　　销　**全国新华书店等**

字　　数　**85 千字**
开　　本　**889 毫米×1194 毫米　1/32**
印　　张　**5.5　插页　5**
版　　次　**2015 年 3 月北京第 1 版**
印　　次　**2017 年 8 月第 1 次印刷**

书　　号　**978-7-02-012731-3**
定　　价　**38.00 元**

如有印装质量问题，请与本社图书销售中心调换。电话:01065233595

献给吕迪·莫迪亚诺

一九四二年六月，一名德国军官走向一个青年，问他：

"对不起，先生，星形广场在哪儿？"

那青年指了指他的左边。

（犹太人故事）

一

　　那段时间，我正挥霍在委内瑞拉继承的遗产。有些人开口闭口就是我的美丽青春和黑色鬈发；另一些人却骂得我狗血喷头。我又拿起《这里法兰西报》的一期号外，最后再看一遍莱翁·拉巴泰特写我的文章：

　　"……我们要看着拉斐尔·什勒米洛维奇胡闹到什么时候？这个犹太人，拖着他的神经官能症和癫痫，从勒图凯到昂蒂布角，从拉博尔到艾克斯莱班，还不受惩罚，到底什么时候是个头呢？我最后一次提出这个问题：他这号外国佬，侮辱法兰西的子弟，要一直到什么时候啊？由于这种犹太厄运，就得无休止地洗手，这要到什么时候是个头呢？……"

　　在同一家报纸上，巴尔达姆博士也这样辱骂我：

　　"……什勒米洛维奇？……哼！犹太人街区的烂货，臭气熏天！……毛坑里的大蛆！……什么鸟玩意儿！……

黎巴嫩加纳克的流氓！……咚咚咚……嘭嘭嘭！……好好瞧瞧这个讲意第绪语的小白脸！……这个专搞雅利安人小姑娘的淫棍！……完全具有黑人特点，又发育不全！……这个疯狂的阿比西尼亚人，年轻的阔佬！……快来帮忙，把他的下水全掏出来……把他骗了！……让这样一个形象在博士眼前消失……见鬼，干脆把他钉上十字架！……来路不明，可耻的杂种……住国际豪华大酒店的犹太佬！……参加'海法制造'的放荡聚会！……戛纳！……达沃斯！……卡普里岛和所有人！……极端希伯来式的大杂烩！……让这个受过割礼的花花公子从我们眼前消失！……他那些太巴列式的快艇！……他那些西奈造的领带！……就让他那些雅利安女奴，将他的龟头薅掉！……用她们美丽的小牙齿……让她们用小手抠瞎他的双眼！……他追击哈里发！……反对基督教后宫！……快呀！……快呀！……拒绝舔他的睾丸！……拒绝向他做媚态换取美元！……你们要解放出来！……勇敢些，《马德隆》①！……否则的话，这位博士就要泪流满面！……就要憔悴衰竭！……天大的不公啊！……犹太法庭的阴谋！……就是想要博士的命！……请相信我！……

---

① 1914年的歌曲，在第一次世界大战中由法国和协约国士兵唱红。

红衣主教会议！……罗斯柴尔德银行！……安特卫普的卡恩！……什勒米洛维奇！……女孩子们，快帮帮巴尔达姆！……救命啊！……"

*

博士不肯饶恕我的事，就是我从卡普里岛给他寄去了我的文稿：《揭下面具的巴尔达姆》。我在这篇研究文章中透露，我还是十四岁犹太少年的时候，一口气读完《巴尔达姆游记》和《路易-费迪南的童年》，简直赞叹不已。我没有避而不谈他那些反犹小册子，正如善良的基督徒之所为。我这样写道：

"巴尔达姆博士的作品，很大一部分论述犹太问题。这不足为奇：巴尔达姆博士是我们当中的一员，是历代最伟大的犹太作家。这就是为什么他怀着满腔热忱，谈论他的同种族的兄弟。巴尔达姆博士在他的纯小说式的作品中，类似我们的同种族兄弟卓别林，都喜欢可怜的小故事，写受迫害的感人的人物。……巴尔达姆博士的语句，比马塞尔·普鲁斯特矫揉造作的语句'犹太色彩'更浓：一种温柔、哀怨的音乐，有点碰运气，也还有点哗众取宠……"

我得出这样的结论：

"惟独犹太人，才能真正理解他们当中的一员，惟独一个犹太人，谈论巴尔达姆博士才能说到点子上。"

博士作为全部答复，只是寄来一封信辱骂我。依他看，我借助于放荡的聚会和数百万财产，在指挥全世界犹太人的阴谋。我马上给他寄去我写的《德雷福斯的精神分析》，我在文中白纸黑字，肯定了这名上尉有罪：一个犹太人这样做，确实怪得很。我阐述了这样的论点：阿尔弗雷德·德雷福斯衷心热爱圣路易、圣女贞德和朱安党人的法兰西，这就是他为何选择军旅生涯为其志向的缘故。然而法兰西，她并不需要犹太人阿尔弗雷德·德雷福斯。于是，他背叛了她，就如同用百合花形马刺报复一个高傲的女人。巴雷斯、左拉和戴鲁莱德，他们根本不理解这种不幸的爱。

这样一种论述，无疑让博士大跌眼镜。此后他就杳无音信了。

拉巴泰特和巴尔达姆的谩骂叫嚣，把社交专栏作家对我的赞美给压下去了。他们大多列举瓦勒里·拉尔博和司各特·菲茨杰拉德：有人把我比作巴纳波特，给我起绰号叫"小盖茨比"。杂志的摄影记者给我照的相，总是低着头，眼神茫然。我在艳情刊物上的忧伤神态，已经尽人皆知了。面对《卡尔顿报》《诺曼底报》，或者《米拉马尔报》，我接受记者提问，总是不厌其烦地宣称我的犹太人身份。况且，我的行为举止也同培养法国人的品德背道而驰：他们弘扬谨慎、节俭和勤劳。我的祖先是东方人，黑眼睛，喜欢张扬和排场，并且懒惰成性。我不是这个国家的孩子。我没有为你们做果酱的祖母，也没有见过家人肖像，没有学过基督教教理。然而，我总是想象外省人的童年。我的童年生活布满英国保姆，在多维尔不纯洁的海滩上非常单调地流逝。伊芙琳小姐牵着我的手。妈妈把我丢给马球手。夜晚，她倒是来到我床前亲亲我，不过有时她也嫌麻烦不来了。可是我一直等她，没心思听伊芙琳小姐讲大卫·科波菲尔的故事。每天早晨，伊芙琳小姐都带我去赛马俱乐部。我在那里上马术课。为了讨妈妈的欢心，我要成为天下最著名的马球手。法国孩子熟悉所有足球队，而我一门心思放在马球上。我心里总念叨这些具有魔力的词："拉维尔辛、西保·潘帕斯、西尔维·莱斯、波菲里奥·鲁比罗萨。"在赛马俱乐部，有人给我和我的未婚妻，小公主拉伊拉大量拍照。下午，伊芙琳小姐到"塞维尼侯爵夫人店"给我们买伞状巧克力。拉伊拉爱吃棒棒糖。"塞维尼侯爵夫人店"卖的棒棒糖呈长方形，小棒也很好看。

伊芙琳小姐带我去海滩，有时我就把她甩掉；不过她知道去哪儿能找见我：我不是同前国王菲鲁兹，就是同特吕法丁男爵在一起，这两个大人物是我的朋友。前国王菲鲁兹请我吃夹开心果的果汁冰糕，他不禁惊叹："我的小拉斐尔和我一样贪嘴呀！"特吕法丁男爵总是神色凄怆，独自坐在"太阳酒吧"里。我走近他的餐桌，伫立到他的面前。于是，这位老先生便没完没了给我讲故事，故事主角名叫克莱奥·德·梅罗德、奥泰罗、爱米莉娜·达朗松、莉雅娜·德·普吉、奥黛特·德·克雷西。当然全是仙女，犹如安徒生童话中的人物。

充斥我童年生活的其他琐事，就是海滩上橙黄色的遮阳伞、卡特朗草坪、哈特梅林荫道、大卫·科波菲尔、塞古尔伯爵夫人、我母亲在孔蒂河滨路的套房，以及利普尼茨基的三张照片，上面有我，站在圣诞树旁边。

*

再就是瑞士学校，以及我在洛桑的初次调情。我十八岁生日时，委内瑞拉的那位叔父维达尔送给我的杜森堡轿车，驶进了蓝色的夜晚。我过了一道大栅栏门，穿越缓缓下坡的园子，一直行驶到莱芒湖畔，将车停在一座灯火通明的别墅台阶前。几位身穿浅色衣裙的少女站在草坪上等候我。这样的"晚会"，夜色过于温馨，格格笑声过于欢快，灯光也闪烁不定，全不是什么好兆头。要描绘这类晚会的氛围，司各特·菲茨杰拉德做得会比我好。因此，我推荐你们看看这位作家的作品，这样一来，你们对我青少年时期的晚会就会有一个准确的概念。至少，也应当看看拉尔博的《费米娜·马尔凯兹》。

*

如果说在洛桑，我和来自五湖四海的伙伴共欢乐，但又不完全跟他们一样。我经常去日内瓦，在贝尔格饭店清静的客房里阅读古希腊的田园诗，力图以优美的文笔翻译《埃涅阿斯纪》。我这样离群索居。有一次结识了一位都兰的贵族青年，名叫让弗朗索瓦·德·埃萨尔。我们二人同龄，而他的学养令我惊诧。初次相遇他就建议我看一大堆作品，有莫里斯·塞夫、高乃依的戏剧、雷斯红衣主教的《回忆录》。他传授给我法国人的优雅和曲言法。

我在他身上发现许多可贵的优点：有分寸，慷慨大方，感觉极其敏锐，话语特别犀利。记得德·埃萨尔说起这份友谊，将我们比作联结罗贝尔·德·圣卢和《追寻逝去的时光》作者的那种友谊，他对我说道：

"您跟那位叙述者一样，是犹太人，而我则跟罗贝尔·德·圣卢一样，是诺阿伊、罗什舒瓦尔-莫特马尔和拉罗什富科家族的表亲。您不必害怕，一个世纪以来，法国贵族偏爱犹太人。我让您看几页德吕蒙写的东西，这个正直的人痛心地指责了我们这一点。"

我决定不再返回洛桑，为了德·埃萨尔，我毫不愧疚地抛弃了那些四海为家的伙伴。

我把口袋都掏净了，还剩下一百美元。德·埃萨尔连个铜子儿也没有，然而我还是劝他辞掉《洛桑报》体育专栏编辑的工作。我忽然想起有一次在英国度周末，几个伙伴拉着我去伯恩茅斯附近的一座庄园，要让我瞧瞧收藏的老汽车。我又找出来那位收藏家的姓名，安拉阿巴德爵士，将我那辆杜森堡牌轿车作价一万四千英镑卖给他了。有了这笔钱，我们就能体面地生活一年，用不着让我叔父维达尔电汇钱来救急了。

我们在贝尔格饭店安顿下来。发展友谊的这个初期阶段，给我留下了一种迷人的记忆。每天早上，我们去逛日内瓦老城的古董店，德·埃萨尔让我与他共享对一九〇〇年青铜器的酷爱。我们买了二十来件，摆满了我们的房间，尤其一件发绿的劳动寓意雕像和两只绝妙的狍子。有一天下午，德·埃萨尔告诉我他搞到一尊足球运动员的青铜像：

"不用多久，赶时髦的巴黎人就会以极高的价钱，争购所有这些艺术品。我向您预言，我亲爱的拉斐尔！如果完全取决于我的话，那么阿尔贝·勒布伦①式样还要时兴起来。"

我问他为何离开了法国。

"服兵役，"他向我解释，"我这娇弱的体格不合适。于是我逃避了。"

"我们得想法弥补，"我对他说，"我向您保证，在日内瓦能找见一名灵巧的工匠，给您制作假证件——您想回法国就回去，丝毫也不必担心。"

我们接触的非法经营印刷工匠向我们提供一份瑞士出生证明和一本护照，登记的名字是让-弗朗索瓦·列维，于一九四×年七月三十日生于日内瓦。

"现在我是您的同胞了，"德·埃萨尔对我说道，"原先我在你们眼里是异教徒，我真烦透了那种身份。"

我立即决定起草一份匿名声明，提供给巴黎左派报纸。我在声明中这样写道：

"自从去年十一月份，我就因为逃避兵役而有罪，不

---

① 阿尔贝·勒布伦（1871—1950），法国总统（1932—1940）。

过法国军事当局处理我的行为更加谨慎，他们认为应当保持沉默。我今天公开的声明，就是曾经向他们声明过的内容。我是犹太人，而鄙视德雷福斯上尉服役的军队也不需要我去服役。他们给我判罪是因为我没有履行当兵的义务。从前就是同一个法庭，判阿尔弗雷德·德雷福斯有罪，只因他一个犹太人而竟敢选择军人职业。在别人向我解释清楚这种矛盾之前，我拒绝作为二等兵入伍服役，迄今为止，这支军队始终不愿意有一位德雷福斯元帅。我敦请法国犹太青年追随我这榜样。"

我署名：雅各布·X。

雅各布·X的这种良心问题，法国左派见着了如获至宝——这也正是我的期望。继德雷福斯案件和菲纳利案件之后，这是法国第三例犹太人案件了。德·埃萨尔也投入到这场游戏中，我们共同起草了一篇出色的《雅各布·X的忏悔》，刊登在巴黎一家周刊上：雅各布·X由一个法国家庭收养，但始终不公开姓名。家庭成员有一名贝当分子上校，上校妻子——从前在随军小卖部当管理员，以及三个儿子：长子选择当了阿尔卑斯山猎骑兵，二儿子当了海军，小儿子则考进了圣西尔军校。

这个家庭住在帕赖-勒莫尼亚勒城，雅各布·X就在天主教大教堂的阴影下度过童年。客厅的墙壁上挂着加列尼、福熙、霞飞的肖像、X上校的军功章，以及好几件维希政权的标志——法兰克战斧。年少的雅各布·X在家人的影响下，狂热地崇拜法国军队，也准备进圣西尔军校，将来像贝当那样当元帅。中学有一位历史教员，C先生，讲到了德雷福斯案件。战前，C先生在法国人民党中担任重要职务，自然了解X上校曾向德国当局告发了雅各布·X的父母，而他收养了这个犹太孩子，这使得他在全国解放后勉勉强强救了自己一命。C先生鄙视X一家圣绪尔比斯修道会式的贝当主义：他有了个主意，心中好不高兴，要在这个家庭里播下不和的种子。下课后，他招了招手，让雅各布·X过去，对着这名学生耳朵说道：

"我可以肯定，德雷福斯案件给您造成很大烦恼。像您这样一个犹太少年，肯定感到这种不公正与己相关。"

雅各布·X得知自己是犹太人，心中万分恐惧。他本来以福熙元帅、贝当元帅自居，现在猛然发现，自己却像德雷福斯上尉了。不过，他并不像德雷福斯那样，通过背叛以图报复，而是接受了军人证件之后，看到自己走投无路，就干脆开了小差。

这种忏悔在法国犹太人中间引起了分歧。犹太复国主义者建议雅各布·X移民到以色列；同化了的犹太人感到羞耻，断言雅各布·X是个挑衅分子，他帮了新纳粹分子的忙；左派激烈地为这个开小差的青年辩护。萨特的文章《圣雅各布·X，喜剧演员和殉道者》则大张旗鼓地展开反击。大家还记得最切中要害的段落呢：

"从此以后，他要保持犹太人的意识，那就只能是在屈辱中的犹太人，而在客厅墙壁挂着肖像的加列尼、霞飞、福熙的严厉监视下，他的行径就像一名普通的逃兵。可是他从童年起就一直敬重法国军队、比若老爹的军帽和贝当的法兰克战斧。总而言之，他感到自己是另类，也就是祸害，心中会产生一种惬意的羞耻。"

有好几篇宣言广泛流传，纷纷要求雅各布·X胜利归来。在互助剧院还召开一次群众大会。萨特恳请雅各布·X公开姓名，可是，这名逃兵执意保持沉默，让最热心的人都泄气了。

*

我们在贝尔格饭店用餐。下午，德·埃萨尔写一本书，论述革命前的俄国电影。至于我，还是翻译亚历山大体的诗人。我们选择饭店的酒吧来做这些琐碎的事情。一个秃顶的、眼睛赛火炭的男子也定时来酒吧，坐到我们的邻桌。有一天下午，他定睛注视我们，同我们搭起话来。

突然，他从兜里掏出一本老护照，递给我们。我十分惊愕，看到护照上莫里斯·萨克斯的名字。他因喝了酒而说话滔滔不绝，向我们讲述从一九四五年，他所谓失踪的那天起，都有什么遭遇。他先后当过盖世太保特工，当过美国大兵，在巴伐利亚贩卖过牲口，在安特卫普当过掮客，在巴塞罗那开过妓院，还用洛拉·蒙泰斯这个绰号在米兰一个马戏班当过小丑……最后，他在日内瓦定居，经营一家小书店。为了庆贺这次幸会，我们喝酒一直喝到凌晨三点钟。从这天起，我们同莫里斯就形影不离，并且郑重地向他保证，为他幸存于世保守秘密。

＊

我们整天泡在书店里间，坐在书堆的后面，听莫里斯侃大山。他操着因喝酒而嘶哑的嗓音，为我们将一九二五年说活了，提起纪德、科克托、香奈尔宝贝。轻浮年代的少年，现在成了一个地道的老胖先生，他比比划划，回忆在西班牙和瑞士的生活以及《房顶上的公牛》①的演出。

"从一九四五年以后，我就苟延于世了，"他对我们讲

---

① 《房顶上的公牛》：让·科克托所作的闹剧，1920年2月21日首演。

出心里话，"我本应该在好时候死去，就像德里厄·拉罗歇尔①那样。只不过问题在于：我是犹太人，有老鼠那种耐久力。"

我记下这段感想，写出了《德里厄和萨克斯，坏路引向何方》，次日拿给莫里斯看。我在这篇研究中，指出一九二五年的两个青年如何因为缺乏个性就毁掉了自己的一生。德里厄，政治学院出身的高个子青年，却是个法国小市民，迷恋敞篷汽车、英国领带、美国姑娘，以一九一四年至一九一八年的英雄自居；萨克斯，可爱的犹太青年，生活不检点，堕落的战后时期的产物。约摸一九四〇年，悲剧降落到欧洲大地。我们这两位花花公子有什么反应呢？德里厄想起自己生于科唐坦半岛，于是一连四年，用假声哼唱《霍斯特·威塞尔之歌》②。在萨克斯看来，被占领的巴黎就是伊甸园，他要在这园中疯狂地堕落下去。比起一九二五年的巴黎来，这个巴黎给他的感受更加强烈。在这里可以做非法黄金交易，可以租套房，然后卖掉室内家具，可以用几公斤黄油换取一块蓝宝石，也可以拿蓝宝石换零钱，等等。夜幕和雾霭也让人避免向谁

---

① 德里厄·拉罗歇尔（1893—1945），法国作家，德占时期的合作者，1945年自杀。
② 霍斯特·威塞尔（1907—1930），一个市井无赖，1926年参加纳粹党。1930年在柏林与政敌争吵时被打死。纳粹把他吹捧为烈士，编唱《霍斯特·威塞尔之歌》成为纳粹德国的国歌。

汇报。而且，尤其感到自己是一场围猎的对象，在黑市上购买自己的生命，偷取自己的每一下心跳，该有多快活呀！别人想象不出萨克斯在抵抗运动中，如何同法国小职员并肩战斗，争取恢复道德、合法地位和大白天。大约一九四三年，他一觉出受到猎犬群和捕鼠器的威胁，就立刻报名去德国当志愿劳工，后来又成为盖世太保的积极成员。我不愿意惹莫里斯不高兴，就处理他在一九四五年死掉，只字不提他从一九四五年至今以不同的面目再生。我这样结束全文：

"一九二五年的这个可爱的青年，二十年后，在波美拉尼亚平原，竟然让一群狗吃掉，这种遭遇谁想得到呢？"

*

莫里斯看完我这篇论文，对我说道：

"非常漂亮，什勒米洛维奇，拿德里厄同我这样对照，不过我还喜欢比较一下德里厄和布拉西拉希。要知道，我往他们二人身边一站，纯粹是一个小胡闹。您就此题写点东西，明天早晨拿出来，我会跟您谈谈我的看法。"

能指点指点一个年轻人让莫里斯喜不自胜。他无疑怀着激动的心情，想起他头几次拜见纪德和科克托的情景。他非常喜欢我写的《德里厄和布拉西拉希》。我在文中力图回答这样一个问题：德里厄和布拉西拉希出于什么动机同德国人合作呢？

这篇论文的第一部分题为：《皮埃尔·德里厄·拉罗歇尔，或者党卫军和犹太女的永世一对》。德里厄小说中经常重复的一个主题：犹太女的主题。吉尔·德里厄，这个骄傲的维京人，毫不犹豫要靠犹太女养活，例如一个名叫米丽雅姆的犹太女。他对犹太女的吸引力，也可以用如下的方式解释：自从瓦尔特·司各特的著作风行以来，犹太女自然而然都是乖乖的妓女，任凭她们的老爷和雅利安主人怎么折腾。德里厄跟犹太女在一起，就可以幻想自己是一名十字军将士，一位条顿骑士。到这里为止，我的分析还没有任何独到见解。评论德里厄作品的人，无不强调这位作家犹太女的主题。可是，通敌合作的德里厄呢？我不难解释其中的缘故：德里厄受了多里安人①孔武有力的迷惑。一九四〇年六月，真正的雅利安人，真正的军人，大举开进巴黎；德里厄急忙脱掉维京服装：他租这套行头，只是为了虐待帕西街区的犹太少女。他又恢复真正的

---

① 多里安人：古希腊的民族，约公元前 1100 年到爱琴海南部定居。

天性：在党卫军钢铁般的蓝眼睛注视下，他骨软筋酥，全身融化了，突然感到东方人的那种委顿。不久，他就昏倒在战胜者的怀抱里。在他们失败之后，他也做出自我牺牲。这样一种被动性，这样热爱涅槃，表现在这个诺曼底人身上实在让人惊诧。

*

我的论文第二部分题为：《罗贝尔·布拉西拉希，或者纽伦堡小姐》。他在文中承认："我们几个跟德国人睡过觉，还会一直保留温馨的记忆。"他的自发性类似合并时期①维也纳少女们的表现。德国士兵开过莱茵河，她们都盛装欢迎，向士兵们投掷玫瑰花，有些姑娘还特别卖弄风情。随后，她们就同这些金发天使在草坪上散步。市立公园暮色令人心荡神摇，姑娘亲吻一个叫托坦科普的青年党卫队员，一边还给他唱舒伯特的浪漫曲。上帝啊，莱茵河彼岸的青年多帅呀！……怎么能不爱上这个"希特勒青年奎克斯"呢？在纽伦堡，布拉西拉希简直不相信自己的眼睛：希特勒青年琥珀色的肌肉、明亮的眼睛、颤动的嘴

---

① 法西斯德国于 1938 年吞并奥地利，直至 1945 年垮台，称"合并时期"。

唇，以及在激情之夜中，可以想见他们勃起的阴茎，是啊，如此纯净之夜，胜似目睹暮色从蝉山顶降落到托莱多城的夜晚……我是在高等师范学校认识了罗贝尔·布拉西拉希。他亲热地叫我"他亲爱的摩西"，或者"他亲爱的犹太人"。我们一道发现高乃依和勒内·克莱尔①的巴黎，到处是喜人的小酒吧；我们总去喝小白葡萄酒。罗贝尔以狡黠的口气，谈起我们的好老师安德烈·贝勒索尔，我们还编了几个有趣的段子捉弄人。下午，我们给低年级学生，蠢笨而又自命不凡的犹太青年上"辅导课"。晚上，我们去看电影，或者会同我们巴黎高师的校友，去品尝丰盛的奶酪烙鳕鱼。我们喝冰镇橙汁一直到半夜——罗贝尔见着橙汁就不要命，只因这令他想起西班牙。所有这些活动，就是我们的韶光年华：深夜到凌晨，我们永远也找不回来了。罗贝尔开始了风光的记者生涯。还记得他写了一篇关于于连·邦达②的文章。我们去蒙苏里公园散步，而我们的大莫纳用雄浑有力的声音，揭露邦达的理智主义、他那犹太人的猥亵、他那《塔木德》研究者的衰老。

"请原谅，"罗贝尔突然对我说道，"我一定是伤害了您，忘记了您是以色列人。"

---

① 勒内·克莱尔（1898—1981），法国电影艺术家，电影以幽默和讽刺著称。
② 于连·邦达（1867—1956），法国作家，反对"介入"文学。

我的脸一下子红到耳根子。

"不，罗贝尔，我是个重视荣誉的青年！说起来，那个让·列维、那个皮埃尔-马里于斯·扎道克、那个拉乌尔夏尔·勒芒、那个马克·博阿松、那个勒内·里齐埃、那个路易·拉扎鲁斯、那个勒内·格罗斯，全同我一样是犹太人，可他们又全都狂热地拥护莫拉，难道您连这都不了解吗？至于我嘛，罗贝尔，我要去《我无处不在》杂志社工作！求求您了，把我引见给您的那些朋友！我去取代吕西安·雷巴泰的位置，主持编辑排犹专栏！您想象一下，这会引起多大轰动：什勒米洛维奇把布鲁姆[1]说成是犹太佬！"

罗贝尔展望这种前景，真是不胜欢欣鼓舞。不久，我就同这些人意气相投了，他们是"褐发健壮的波尔多人"P.A.库斯托、下士拉尔夫·苏波、"我们宴席的铁杆法西斯分子和抒情男高音"罗贝尔·安德里伏、"快活的图鲁兹人"阿兰·娄伯罗，最后就是阿尔卑斯山猎骑兵吕西安·雷巴泰，"他是个男子汉，现在拿笔杆子，到时候就拿枪杆子。"我立刻给这个多菲内[2]的土包子出了点主意，足以充实他那个排犹专栏。打这以后，雷巴泰就不时向我请

---

① 莱翁·布鲁姆（1872—1950），法国政治家，1936年组阁左派政府。
② 多菲内，法国旧省名，位于法国东部。

教了。我始终认为，这些异端的基督教徒太自命不凡了，根本弄不懂犹太人，甚至他们的排犹主义也很笨拙。

我们就使用《法兰西行动》的印刷所。我跳到莫拉的双膝上，抚弄普若的山羊胡子。马克西姆·雷亚尔·德·萨尔特也不赖。这些有趣的老家伙！

一九四〇年六月，我离开了《我无处不在》的小圈子，颇为留恋我们在当菲尔-罗什罗广场的聚会。我厌倦了记者这行，又萌生了政治野心，决定做一个通敌合作的犹太人。我首先投入上流社交的合作，参加宣传大队的茶会、让·吕歇尔的晚餐会、洛里斯通街的夜宵会，并且精心培植同布里农的友情。我躲避塞利纳和德里厄·拉罗歇尔，觉得他们的犹太人色彩太浓。我很快就变得必不可少了——惟独我是犹太人，合作的好犹太人。吕歇尔介绍我认识了阿贝兹。我们约定见一次面。我向他提出我的条件：第一，我要在犹太人问题警署取代那个无耻的小个子法国人达齐埃·德·佩勒普瓦；第二，我要享有完全的行动自由。另外我也认为，消灭五十万法国犹太人是荒谬的。阿贝兹看样子对此非常感兴趣，不过还没有答复我的建议。我同他和斯图勒纳杰尔倒保持极好的关系，他们指点我去找多里奥或者戴阿谈一谈。多里奥从前是共产党员，又穿着背带裤。这个人我不大喜欢。在戴阿的身上我能嗅出当小学教员的激进社会党的气味。又新来一个人，他的贝雷帽令我赞叹不已——我指的是若·达尔芒。每个反犹分子，都有他的"好犹太人"。若·达尔芒一副埃皮纳尔形象①，正是我的好法国人，"他那张武士的面孔正在察看平原"。我成为他的左右手，同保安队结成牢固的友谊。请相信我，这些身穿海军蓝服装的小伙子都挺善良。

一九四四年夏季，我们在韦科尔地区多次清剿之后，就同我们的自卫队逃往德国锡格马林根城。当时冯·伦德施泰特正奉行攻势，我被一个名叫列维的残废军人撂倒了，他就像我的一个兄弟。

*

我在莫里斯的书店发现各期齐全的《集束》《耻辱柱》《我无处不在》，以及几本论述培养"首脑"的贝当分子小册子。除了亲德国的文学作品，莫里斯还拥有全套被遗忘作家的著作。我这边在阅读反犹太作家蒙唐东、马尔克·里维埃尔的作品，德·埃萨尔那边则埋头看爱德

---

① 埃皮纳尔是法国孚日省省会，市博物馆收藏民间图像，这里指民间传统形象。

华·罗德、马塞尔·普雷沃、埃斯托涅、布瓦莱夫、阿贝尔·赫尔芒等人的小说。他撰写一篇论文《文学是什么?》，题赠给让-保尔·萨特[①]。德·埃萨尔有种收藏古董的志向——他刚发现一八八〇年代的小说家并提议重新推出来。他同时可以倡导路易·菲利普风格，或者拿破仑三世风格。论文最后一章题为《某些作者的使用方法》，面向渴望自学成材的青年，他写道：

"爱德华·埃斯托涅的小说，应当在乡居阅读，要在下午五点钟，手中拿着一杯阿马尼亚克地区产的白酒。读者还必须穿一套整齐的奥罗桑牌，或者克雷德牌礼服，扎一条俱乐部领带，上装小口袋塞一块黑绸手帕。阅读勒内·布瓦莱夫的作品，我建议选择夏季，到戛纳或者蒙特卡洛去，要在晚上八点钟，穿上羊驼毛料子的服装。阿贝尔·赫尔芒的小说呢，还得要求点技巧：应当在一艘巴拿马游艇上阅读，一边抽着含薄荷脑的香烟……"

莫里斯呢，则继续写他的回忆录第三卷：继《巫魔晚会》和《围猎》之后，便是《幽灵》。

至于我，我已经决定要成为继蒙田、马塞尔·普鲁斯特和路易-费迪南·塞利纳之后，法国最伟大的作家。

[①] 萨特写过一篇文章《什么是文学?》。

*

　　我那时是个真正的青年，有愤怒，也有激情——今天看来如此天真，让我不禁哑然失笑。当时我以为，犹太文学的未来落到我的双肩了。我回顾一下，揭露那些冒牌货：德雷福斯上尉、莫洛亚、达尼埃尔·阿莱维。我看普鲁斯特由于童年在外省度过，已经过分同化了，埃德蒙·弗莱过于讨人喜欢，邦达过于抽象。邦达，为什么要玩纯洁思想呢？是变幻不定的大天使吗？脱离现实的伟人吗？隐身的犹太人吗？

*

　　施派尔（Spire）诗歌也有妙句：

　　　　热情哟悲伤，暴烈哟疯狂，
　　　　不可战胜的神我虔诚献身，
　　　　没有你们该如何？快来保护我，
　　　　抵制这片乐土上枯燥的理性……

还有：

> 你想要歌唱力量，胆量，
> 你只会爱幻想者，面对生活解除武装，
> 你要试图倾听农民的欢快之歌、
> 士兵雄壮的进行曲、少女优美的回旋曲，
> 你的耳朵会很灵敏，只能听见哭泣……

朝东边走去，就遇见个性更强的作家：亨利·海涅、弗兰茨·卡夫卡……我喜爱海涅题为《唐娜·克拉拉》的诗：西班牙宗教裁判所大法官的女儿，爱上一个长得像圣乔治的英俊骑士。她对骑士说："您和那些无宗教信仰的犹太人，毫无共通之处。"于是，那位英俊骑士向她透露了自己的身份：

> 谢诺拉，我呀，您的情人，
> 家父唐·伊萨克以色列子孙，
> 萨拉戈萨犹太教大博士，
> 非常博学而享有盛名。

有人针对卓别林的兄长弗兰茨·卡夫卡大肆造谣。几

个学究气十足的雅利安人穿上套鞋践踏他的作品。他们将卡夫卡提升为哲学教授，拿他比较普鲁士人康德，比较富有灵感的丹麦人克尔恺郭尔，比较法国南方人阿尔贝·加缪，比较多题材作家、半阿尔萨斯人、半佩里戈尔人让-保尔·萨特。我不禁纳罕，如此孱弱、如此怯懦的卡夫卡，怎么抵抗得了这帮造反者。

*

德·埃萨尔自从入了犹太籍之后，就毫无保留地拥护我们的事业了。而莫里斯却担心我的种族主义是否有些极端。

"旧东西您读得太多了，"他对我说道，"老兄啊，现在已经不是一九四二年了！否则我会极力劝您以我为榜样加入盖世太保，以便给您换换脑筋！要知道，现今人们很快就会忘记自己的原籍！灵活一点儿吧。大家可以随便改变角色！改变肤色！变色龙万岁！对了，我可以立刻变成中国人！变成大流氓！挪威人！巴塔哥尼亚人！只要变一下戏法就行了！念一句咒语！"

我不听他的。我刚认识一位波兰犹太女子，名叫达尼娅·阿西塞夫斯卡。这个女子在慢慢地自我毁灭，也不痉挛，也不叫喊，就仿佛在顺其自然。她使用普拉瓦兹皮下注射器，总扎自己的左臂。

"达尼娅对您施加坏影响，"莫里斯对我说道，"您还是挑选一个温柔的雅利安姑娘吧，她会给您唱本乡本土的摇篮曲。"

*

达尼娅给我唱《为奥斯维辛集中营死难者祈祷》。她大半夜将我叫醒，指给我看她肩上抹不掉的监狱序号：

"您瞧他们怎么对待我，拉斐尔，您瞧啊！"

她摇摇晃晃，一直走到窗口。罗纳河滨大道上，行进的黑色战斗营队在饭店门前集结，纪律十分严明。

"您瞧，拉斐尔，那么多黑衫队！还有三名警察，穿着皮夹克，在那儿，左边！盖世太保呀，拉斐尔！他们朝饭店门口走来啦！他们来抓我们啦！他们又要把我们遣送回老家啦！"

我急忙劝她放心。我有身居高位的朋友。我才不屑于同巴黎的合作组织那些小玩意打交道。我跟戈林你我相称；而赫斯、戈培尔和海德里希·戈林等人都是纳粹政权的顶尖人物，希特勒的左右手。都对我极有好感。她跟我在一起，不会有任何危险。警察不会动她一根头发。如果他们还不肯罢休，我就把勋章都拿出来给他们看——能从希特勒手中接过十字勋章的，也只有我这一个犹太人。

*

一天早晨，达尼娅趁我不在自己割了血管。其实，我的刮胡刀片都仔细藏起来了。的确，我的目光一碰见那些钢制的小物品，就莫名其妙地发晕，真想一口将它们吞掉。

次日，巴黎专程来了一位视察员询问了我。如果我没记错的话，就是拉克拉耶特视察员。他对我说这个名叫达尼娅·阿西塞夫斯卡的女子，是巴黎警方通缉的人。非法交易和吸毒。这些外国人，什么都干得出来。这些犹太人。这些中欧的犯罪分子。她总算死了，这再好不过。

拉克拉耶特视察员那种干劲儿和他对我的女友那么感兴趣，实在让我惊诧。我敢断定他从前肯定参加过盖世太保。

*

达尼娅收集的木偶，我都留作纪念。全是假面喜剧人物，有卡拉格兹、皮诺曹、吉尼奥尔、流浪的犹太人、梦游女。她自杀前将这些木偶安放在她四周，我想它们是她的惟一伴侣。所有这些木偶中，我最喜欢梦游女：她闭着双眼，胳臂往前探。达尼娅在铁丝网和岗楼的噩梦中毁掉自己，很像这个梦游女。

*

莫里斯也不辞而别了。很久以来，他就向往东方。我想他去了澳门或香港，过起退隐生活。或许他去了一个农业社，再次尝试强制劳役。在我看来这种猜测最有可能。

一周之间，我和德·埃萨尔，我们都不知所措，再也无力关心动脑筋的事物。而瞻念前途不免忧惧——我们只剩下六十瑞士法郎了。德·埃萨尔的祖父和我在委内瑞拉的叔父维达尔，在同一天辞世了。德·埃萨尔继承了公爵和贵族院议员的称号，我可没有奢望得到委内瑞拉博利瓦币巨额遗产。叔父维达尔的遗嘱却令我吃惊：毫无疑问，五岁时只要在一位老先生的双膝上蹦跳过，就能在全世界范围内被指定为合法继承人。

我们决定回到法国。我宽慰德·埃萨尔：法国警察要追捕一个当逃兵的公爵和贵族院议员，而不是一个名叫让-弗朗索瓦·列维的日内瓦公民。越过边境之后，我们派人炸了艾克斯莱班城赌场银行。我在豪华大酒店举行第一次记者招待会。有人问我打算如何安排巨额博利瓦币：豢养一群后宫吗？建造粉红大理石豪宅吗？保护文学和艺术？从事慈善事业吗？我喜欢浪漫，玩世不恭吗？我会成为年度的花花公子吗？我要取代鲁比罗沙、法鲁克、阿里·汉吗？

我以自己的方式扮演年轻的亿万富翁的角色。我固然读过拉尔博和司各特·菲茨杰拉德的小说，但是我不想模仿书中人物，无论 A.W. 奥尔松·巴纳博斯的精神痛苦，还是盖茨比的童稚浪漫主义。我是希望别人冲着我的钱而喜爱我。

但随后我惊恐地发现自己患了肺结核。我必须加以掩饰，这种病不合时宜，很可能在欧洲所有茅舍重新为我赢得名望。面对一个患了肺结核、英俊而绝望的青年富豪，雅利安姑娘们会发现自己有圣女布朗狄娜的一种使命。为了给这些善意泼泼冷水，我一再对记者说我是犹太人。因此，惟独金钱和淫荡方能引起我的兴趣。他们认为我很上相，我就得做出各种各样恬不知耻的表情，还要使用猩猩的面具，并且自告奋勇充当犹太人原始型。而大约一九四一年，雅利安人就在贝利茨宫动物学展览上，观察过犹太人原始形貌。我又唤醒拉巴泰特和巴尔达姆的那些往事。他们辱骂我的文章是对我的痛苦的奖赏。只可惜没人再看这两位作者写的东西了。社会生活杂志和情感出版物执意为我大唱赞歌，说我是个年轻的财产继承人，既可爱又特立独行。是犹太人吗？那就像耶稣基督和阿尔伯特·爱因斯坦。接下来呢？万般无奈中我买了一艘游艇——"犹太教公会号"——由我改装成豪华妓院，停泊在蒙特卡洛、戛纳、拉博尔、多维尔。三只高音喇叭架在每根桅杆上，播放巴尔达姆和拉巴泰特的文章，这正是我最看好的对外联络员。不错，我利用放荡聚会和数百万财富在指挥全世界犹太人的阴谋。不错，一九三九年爆发战争也是我的过错引起的。不错，我就是蓝胡子那号怪物，一个食人魔，强奸了雅利安姑娘然后再把她吞掉。不错，我梦想让法国农民统统破产，以此在康塔尔省扩大犹太人的影响。

这通折腾，不久我也厌倦了，就由忠实的德·埃萨尔陪同，避居到凡尔赛，下榻特里亚农旅馆，埋头读圣西门的著作。我母亲见我气色不好十分担心，我就答应她写一部悲喜剧，由她扮演女主角。肺结核还继续缓慢地消耗我。我倒是可以自杀。经过三思，我决定不能留下俊美的遗容。遗容那么美，他们又该把我比作雏鹰①或者维特了。

＊

那天晚上，德·埃萨尔要拉我去参加一场假面舞会。

"千万注意，您不要像平时那样穿威尼斯商人夏洛克式的衣服，或者苏斯②那样的犹太服。我给您租了亨利三世国王漂亮的装束，为我自己租了土耳其骑兵服。"

我借口要尽快写完剧本便拒绝了他的邀请，他离开我时苦笑了一下。我望见小车驶出旅馆大门，隐隐感到一种内疚。过了一会儿，我的朋友死在西部高速公路上。莫名其妙的一次车祸。他还穿着土耳其骑兵服。他没有毁容。

＊

我的剧本很快写出来了。悲喜剧。从头至尾痛骂犹太人眼中的异教徒。我深信巴黎公众看了这出戏会很不舒

① 指拿破仑二世（1811—1832），他一出生就被宣布为罗马国王，死于肺结核。
② 《犹太人苏斯》（1939）是纳粹德国时期最著名的反犹电影。

服，他们不会宽恕我以如此挑衅的方式，将我的神经官能症和我的种族主义搬上舞台。结尾一场戏表现出的大无畏，我寄予了很大希望。在四面白墙的一间屋子里，父子二人对峙。儿子身穿打了补丁的党卫军服，披一件盖世太保的旧雨衣；父亲头戴圆帽，蓄着鬈发和胡子，一副犹太教法学博士的模样。他们在滑稽地模仿审讯。儿子扮演刽子手的角色，父亲则扮演受害者的角色。母亲猛然冲进屋，眼神恍惚，伸直双臂走向父子。她吼唱着犹太妓女玛利亚·桑德斯的叙事曲。儿子掐住父亲的喉咙，一边哼唱着《霍斯特·威塞尔之歌》，不过他的声音没有盖过母亲的吼唱声。父亲已经半窒息了，还呻吟着赎罪日的祷文。远台的门突然打开，四名男护士上前围住三个争斗者，费好大力气才将他们控制住。幕布落下。没有一个人鼓掌。观众以怀疑的目光打量我，他们原以为一个犹太人编排的剧会文雅一些。我这个人的确是忘恩负义。不折不扣是个粗野的家伙。我窃用了他们明白清晰的语言，改成歇斯底里的腹鸣。

他们本来期待一个新的马塞尔·普鲁斯特，一个同他们的文化相接触变得文明点的犹太佬，还期待一种温柔的音乐，却听到震耳欲聋而咄咄逼人的喧嚣。现在，他们知道该如何对待我了。我也能死而瞑目了。

＊

第二天发表的批评文章令我大失所望，都那么客客气气。这下子我算明白了：我在四周碰不到一点点敌意，只有几个类似拉罗克上校的老妇人和老先生算是例外。新闻记者越发探询我的心态。所有这些法国人都无限关怀写回忆录的婊子、鸡奸者诗人、给妓女拉客的阿拉伯人、吸毒的黑鬼和挑衅的犹太人。毫无疑问，再也不讲究什么道德了。犹太人是一种估价过高的货物，别人对我们过分尊敬了。我可以进入圣西尔军校，将来可以成为什勒米洛维奇元帅：再也不会发生德雷福斯案件了。

＊

经历这次失败，我走投无路，就只有像莫里斯·萨克斯那样消失了。从此离开巴黎，一去不返。我将一部分财产留给我母亲，还想起我在美洲有一位父亲，就请他来见我——如果他愿意继承三十五万美元财产的话。不久便有了答复：他约定我在巴黎大陆饭店见面。我还想治好肺结核，变成一个老实而谨慎的青年，一个名副其实的雅利安小伙子，可是我不喜欢疗养院，还是偏爱旅行。我这从地中海来的外国佬，内心总向往美丽的生疏环境。

比起墨西哥和拉松德群岛来，我倒觉得法国外省能更好地向我提供这样的环境。我从而否定了我四海为家的过去。我要赶紧了解法国乡土、煤油灯、绿篱和森林之歌。

而且，我也想到母亲，她就经常巡游外地各省。受保护的卡兰梯通俗喜剧团巡回演出。她讲法语由于带巴尔干口音，也就扮演俄罗斯公主、波兰伯爵夫人和匈牙利女骑士一类角色。在欧里亚克城扮演贝雷佐沃公主，到贝济耶城扮演托玛佐夫伯爵夫人，再到圣布里厄城扮演捷瓦查尔迪男爵夫人。卡兰梯剧团巡回演出走遍了法国。

二

　　我父亲身穿一套尼罗河蓝羊驼毛呢服装、一件绿条衬衣，扎一条红领带，脚下一双鬈毛羔皮鞋。我来到大陆饭店，在奥斯曼厅认识了他。我签署了好几份文件，将我的一部分财产交给他支配，然后对他说道：

　　"总体来说，您在纽约的企业濒于破产了吧？当万花筒公司董事长，能想得出是怎么个滋味吗？您本来应当发现的，万花筒市场日渐萎缩！现在儿童更喜欢运载火箭、电磁学、算术！老兄啊，梦想卖不动了。我就跟您坦白地讲吧：您是犹太人，因此您没有做生意也没有办企业的意识，这种天赋还得让给法国人。您若是读得懂的话，我就把我编写的东西拿给您看看。我在标致和雪铁龙之间做了精彩比较。一方是外省蒙贝利亚尔人，善于理财，行事谨慎，能兴旺发达；另一方，安德烈·雪铁龙，犹太冒险家，悲剧角色，在赌场里大肆挥霍。算了，您不是领导企业的料。您不过是个走钢丝的杂耍演员。不必做戏了！不要兴冲冲地打电话，打到马达加斯加、列支敦士登、火地岛！您积压的万花筒，永远也推销不出去。"

我父亲在巴黎度过青少年时期，这次要旧地重游。我们去"富凯餐馆"、"驿站广场餐馆"、"默里斯酒吧"、"圣詹姆士和阿巴尼酒馆"、"爱丽舍园"、"乔治五世酒馆"、"朗卡斯特酒吧"又喝几杯杜松子酒。这些去处都是他的外省。他那边抽着帕塔加斯牌雪茄，我这边则想都兰地区，想布罗塞利昂德森林。我选择什么地方退隐呢？图尔？讷韦尔？普瓦捷？欧里亚克？佩兹纳？地下吗？我仅仅是通过米其林旅行指南，以及如弗朗索瓦·莫里亚克的几位作家来了解法国外省的。那个朗代的小册子，《波尔多，或者青少年》尤其令我感动。还记得我给莫里亚克朗诵他这极为优美的散文时他脸上吃惊的表情：

"这座城市，我们在这里出生，成为孩童，长成少年，惟独这座城市，我们不能评论。她同我们融为一体，她就是我们本身，我们身上负载着她。波尔多的历史，就是我的肉体和灵魂的历史。"

我的老友是否明白，我羡慕他的少年时期？羡慕伴随他少年的圣马利亚学校、堪孔斯广场、晒热的欧石楠的香气、热沙子和树脂的香气。而我，拉斐尔·什勒米洛维奇，除了一个无国籍的穷苦犹太小子的少年，我还能谈论什么少年呢？我既不可能成为热拉尔·德·奈瓦尔，也不可能成为弗朗索瓦·莫里亚克，更不可能成为马塞尔·普鲁斯特。没有什么瓦卢瓦那种地方温暖我的心灵，也没有吉耶讷地区，也没有贡布雷镇。命里注定困在"富凯餐馆"、"驿站广场餐馆"、"爱丽舍园"，陪着纽约犹太人——一位胖先生，即我父亲——喝着很冲的盎格鲁撒克逊酒。烈酒下肚，就能讲出心里话，正如莫里斯·萨克斯同我初见那天的情景。他们的命运相同，只有这样一点差异：萨克斯看圣西门的著作，而我父亲则看莫里斯·德高布拉的作品。他生于加拉加斯，是一个从地中海沿岸迁徙去的犹太家庭。他引诱了加拉帕戈斯群岛的独裁者，为了躲避那独裁者的警察追捕，他匆忙逃离美洲。到了法国，他成为斯塔维斯基[①]的秘书。那个时期，他穿戴很漂亮：像道格拉斯·范朋克[②]身上的那种便宜货，介乎瓦朗蒂诺[③]和诺瓦罗之间的东西，足以让雅利安姑娘动心。十年后，他的照片陈列在贝利茨宫反犹太展览上，还附加这样一句修饰语："阴险的犹太人。他可能让人以为是南美

---

① 斯塔维斯基（1886—1934），银行高管，以金融丑闻而著名。
② 范朋克（1883—1939），美国电影演员，被称为"好莱坞之王"。
③ 瓦朗蒂诺（1895—1926），意大利裔美国电影演员。

洲人。"

我父亲不乏幽默。有一天下午，他去贝利茨宫，向几位参观者提议给他们当向导。当他们停到他那张照片前的时候，他冲他们朗声说道："咕咕，我在这儿呢。"真没见过这号犹太人，他这方面永远也谈不够。而且，他对德国人也有几分好感，选择去处就表明他的喜好："大陆饭店"、"贵宾楼"、"默里斯饭店"。他不失时机地接近德国人，常去"马克西姆"、"菲力普"、"加夫奈"、"洛拉·托茨"等餐馆，以及所有夜总会，就凭着他那化名为让·卡西·德·库德雷-马库亚尔的假证件。

他住在德·索塞街一间保姆小房间，对面就是盖世太保。他看书直到深夜，认为《小事酿成一场杀戮》这本书很有趣，能整页整页向我背诵，令我惊讶不已。当初他是冲书名买的，原以为是一部侦探小说。

一九四四年七月，他通过一位波罗的海沿岸国的男爵做中介，做成一桩生意——将枫丹白露森林卖给了德国人。这次操作很微妙，他拿到钱便移居美国，还在那里创建了一家有限公司：万花筒公司。

"您怎么样啊？"他问道，同时朝我喷了一口雪茄烟，"向我叙述一下您的生活吧。"

"您没有看报纸吗？"我有气无力地回答，"我还以为纽约的《知心秘事》为我发行一期专号呢。总之，我决定放弃那种四海为家、不自然而又堕落的生活。我要去外省定居，法国外省，那片乡土。我刚刚选中波尔多、吉耶讷，去那里治疗我的神经官能症。这也是为了向我的老友弗朗索瓦·莫里亚克表示敬意。当然了，这个名字对您毫无意义吧？"

我们在"里茨"酒吧喝最后一杯酒。

"听您刚才谈了那座城市，我能陪您去吗？"他突然问我，"您是我儿子，咱们至少也得结伴旅行一次呀！再说了，多亏了您，我这不成为美国第四大富翁啦！"

"您若是愿意，就陪我去吧，然后您再回纽约。"

他亲了我的额头，我感到眼泪盈眶。这位身穿杂色衣服的胖先生，也的确很激动。

我们父子挽着手臂，穿过旺多姆广场。我父亲唱着《小事酿成一场杀戮》的片断，那男低音非常悦耳。我想到童年时看过的坏书。尤其《如何杀掉你们的父亲》那套书，是安德烈·布勒东，杀死父亲，然后这青年很礼貌地请求他们强暴他。这第二种方法表明更加阴狠歹毒，把人强暴了再杀害，但是也更有助于宏图伟业：号召全世界无产者来解决一个家庭纠纷。一定要嘱咐青年，先辱骂然后再杀死父亲。有些人在文学领域出类拔萃，就使用迷人的语句。

例如："家庭，我憎恨你"[①]（一位法国新教牧师的儿子）。"我要穿上德国军装，参加下次战争""我日他法国军队"（一个法国警察局长的儿子）。"您是个大混蛋"（一个法国海军军官的儿子）。我更加挽紧我父亲的胳臂。我们毫无区别。对不对呀，我的胖家伙？我怎么能杀了您呢？我爱您啊。

*

我们乘坐巴黎到波尔多的火车。隔着车厢玻璃望去，法国很美。途经奥尔良、博让西、旺多姆、图尔、普瓦捷、昂古莱姆这些城市。我父亲不再穿那身淡绿色服装，换下那条粉红色麂皮领带、那件苏格兰衬衣、那只铂金戒指，以及那双有鬈毛羔皮护套的皮鞋。我也不再叫拉斐尔·什勒米洛维奇，而变为利布尔讷的一个公证人的儿子，我们是返回外省的故乡。一个名叫拉斐尔·什勒米洛维奇的人，正在费拉角、蒙特卡洛和巴黎挥霍青春和精力的时候，我却埋头练习拉丁文的翻译。我反复背诵："乌尔姆街！乌尔姆街[②]！"我的面颊也逐渐烧红了。六月份，我就能通过学校的考试，最终要"上进"巴黎。乌尔姆街，我将和一个像我

---

① 出自法国作家纪德的散文诗作《人间食粮》。
② 巴黎乌尔姆街是法国著名学府巴黎高等师范学校所在地。

一样的外省青年同居一室。我们之间产生一种牢不可破的友谊。我们俩将是雅莱兹和杰法尼翁。一天傍晚,我们要拾阶登上蒙马特尔山顶,眺望我们脚下的巴黎城。我们也会小声而坚定地说:"现在,巴黎,我们两个拼一拼吧。"[1]我们会给各自的家里写美好的书信:"妈妈,我吻你。你的伟大孩子。"夜晚,我们在寂静的宿舍里,还要谈论我们未来的情妇,有犹太男爵夫人、企业家的女儿、剧院女演员、交际花。她们会特别赞赏我们的才华和能力。一天下午,我们怀着激动的心情,去敲加斯东·伽利玛[2]的门。"先生,我们是巴黎高师的学生,这是我们第一批论文,拿来给您看看。"接下来,就是法兰西学院、政治、荣誉。我们将跻身于我们国家的精英之列。我们的头脑将在巴黎运转,而我们的心还会留在外省。我们身处首都的漩涡当中,还总是温情脉脉,想着我们的康塔尔省和吉伦特省。每年我们都要回到父母身边,在圣弗卢尔和利布尔讷一带清洗肺部。然后,我们满载而归,带回去许多奶酪和圣埃米龙地区的波尔多红酒。我们的妈妈还会给我们打毛线外套:巴黎冬季很冷。我们的姐妹要嫁给欧里亚克的

---

① 巴尔扎克小说《高老头》主人公拉斯蒂涅说的话。

② 加斯东·伽利玛（1881—1975），法国著名出版社伽利玛出版社的创建者。

药剂师、波尔多的保险人。我们将成为子侄们的表率。

*

抵达圣若望火车站时夜幕已经降临，波尔多市容，我们一点儿也没有看到。乘坐出租车去豪华饭店时我悄声对我父亲说：

"我的胖伙计，这名出租车司机一定是法国盖世太保的人。"

"您这么看？"父亲对我说道，他也认真起来，"那就太糟糕了！我忘记带化名库德雷–马库亚尔的假证件。"

"我觉得他要把我们送到洛里斯通街，交给他的朋友博尼和拉丰①。"

"我想您是弄错了。这里恐怕还是福熙林荫路，盖世太保总部。"

"也许是索塞街，要检验身份。"

"到下一个红灯，咱们就跳车逃走。"

"逃不了，车门锁上了。"

"那怎么办？"

---

① 皮埃尔·博尼和亨利·拉丰都是二战期间法国维希政权秘密警察的头子。

"等待时机，不要泄气。"

"咱们总可以说成是合作的犹太人。您就把枫丹白露森林便宜卖给他们。我也向他们承认，战前我为《我无所不在》杂志干过事。给布拉西拉希、洛布罗或者勒巴泰打个电话，我们就能走出困境……"

"您以为他们会让咱们打电话吗？"

"那就认了。咱们干脆签字，参加法国志愿军团或者保安队，以便向他们表明咱们的善意。咱们换上绿军装和贝雷帽，就能畅行无阻，到达西班牙边境，然后再……"

"那咱们就自由了……"

"嘘！他听咱们说话呢……"

"您不觉得他长得像达尔南吗？"

"真要是他，那麻烦可就大了。碰上保安队，咱们很难脱身。"

"您瞧，老伙计，看来让我言中了……我们上了西部的高速公路……保安队的总部设在凡尔赛……我们这笔账总是要算的！"

*

我们在饭店酒吧，喝爱尔兰咖啡，我父亲抽着乌普曼雪茄。这家"豪华饭店"在什么方面有别于"克拉里克饭店""乔治五世饭店"？有别于巴黎和欧洲的所有旅店呢？国际大酒店和珀尔曼卧铺车厢[①]，还能长久保护我在法国安然无恙吗？这类玻璃鱼缸最终让我恶心了。不过，我做出过的决定还是给了我一点希望。我在波尔多中学注册，上了高年级文学班。等我考试通过了，我才不会学拉斯蒂涅那种猴样，站到蒙马特尔山顶，高喊什么"现在，巴黎，我们两个拼一拼吧！"——我同这个勇敢的法国小青年毫无共通之处。也只有圣弗洛尔或利布尔讷的国库主计官才会培育这种浪漫主义。不行，巴黎同我太相像了。在法兰西中间放一朵假花。我指望在波尔多展露自己的真正价值，能服这地方的水土。考试通过之后，我就在外省谋一个小学教员的职位。我一天的时间表是出了满是灰尘的教室，就进商人咖啡馆，同一些上校打贝洛特纸牌。每逢星期日下午，我就去广场的报亭那里聆听古老的玛祖卡舞曲。我会爱上市长的妻子，然后每星期四我们都出城到最近的一家旅馆幽会。这要取决于我教书的专区政府所在地。我教育法国儿童，就是为法兰西效力。正如，我的未来同窗贝玑[②]所说的那样，我将属于真理轻骑兵的黑衣

---

① 珀尔曼（1831—1897），美国实业家，发明了珀尔曼铁路卧车。
② 贝玑（1873—1914），法国诗人，宣扬个人社会主义。

营。我会逐渐忘掉自己可耻的出身，忘掉失意的名字什勒米洛维奇、托尔克马达[①]、希姆莱[②]和许多别的事情。

*

走在圣卡特琳街，行人都纷纷回头看我们。想必是由于我父亲那套紫色衣服、那件肯塔基树绿衬衣，以及他那一成不变的鬈毛羔皮护套的皮鞋。我倒盼望一名警察叫住我们。那样的话，我就可以一劳永逸地向法国人澄清，不厌其烦地重复说，二十年来，我们一直受他们当中的一个，即一个阿尔萨斯人的毒害。那人明确说，假如基督教徒不屑于理睬犹太人，犹太人也就不复存在了。穿戴必须五颜六色，才能吸引他们的目光。这对于我们犹太人来说，是一个生死存亡的大问题。

中学校长在他的办公室接见我们。他似乎怀疑这样一个外国佬的儿子，怎么会渴望注册高年级文学班。他的儿子——校长先生很为自己的儿子骄傲——每年假期都拼命学习拉丁文语法。我真想回答校长，只可惜我是犹太人，

[①] 托尔克马达（1420—1498），西班牙第一任宗教总裁判官，本人是犹太人，却大批驱逐拒绝改宗的犹太人。

[②] 希姆莱（1900—1945），德国纳粹头子，建立许多集中营。

因此，我在班上学习成绩总是第一名。

校长递给我一本希腊演说家文选，让我随意翻开。我翻到埃斯基涅斯的选段，要当场评讲，我讲得有声有色，一时还兴致大发，将这选段译成拉丁文。

校长十分惊讶，难道他不了解犹太人有多么敏锐，有多么聪明吗？难道他忘记我们为法国提供了非常伟大的作家吗？随口就能举出蒙田、拉辛、圣西门、萨特、亨利·波尔多、勒内·巴赞、普鲁斯特、路易-费迪南·塞利纳……他当即录取我进入高等师范学校文科预备班。

"我祝贺您，什勒米洛维奇。"他激动地对我说道。

我们离开那所中学，我便责备父亲，说他在校长面前那么自卑，那么滑腻腻的，像一种阿拉伯香甜糕点。

"在法国官员的办公室里，怎么能像'舞姬'①那样表演呢？如果面对黑衫队刽子手，必须讨好，那么您抛媚眼、卑躬屈膝还有情可原！可是，在这个老实人面前，您却跳起肚皮舞！活见鬼，他不会吃掉您的！好了，我再说就要惹您痛苦了！"

我突然奔跑起来。他跟着我一直跑到图尔尼，甚至没有叫我站住。他跑得喘不上气来时，一定以为我要趁他筋

---

① 《舞姬》，又称《印度寺庙的舞女》，改编自印度著名诗剧《莎恭达罗》。

疲力尽永远甩掉他。他对我说道：

"这样散散步很好，有益于身体……咱们的胃口也能大开……"

看来他不善于自卫，只是跟不幸耍点滑头，试图将其驯化。这无疑是习惯对犹太人施加的暴力。我父亲拿麂皮领带擦拭额头的汗。他怎么能以为我要抛弃他，让他这样孤立无援，丢在这座传统悠久的城市里，丢在这样充斥陈酒香和英国烟草味的黑夜中？我拉起他的手臂。这是一条丧家犬。

*

午夜。我微微开启我们房间的窗户。夏夜的空气，这海滨陌生的空气，一直升腾到我们的房间。我父亲对我说道：

"这附近估计有夜总会。"

"我到波尔多不是来寻开心的。不过，您也能见到几个无足轻重的人：波尔多资产阶级两三个堕落子弟、几个英国游客……"

他抽烟，吐出一缕缕青烟。我对着镜子打一条苏尔卡牌领带。我们扎进甜丝丝的水中，一支南美洲乐队在演奏伦巴舞曲。我们拣了一张桌子坐下，我父亲要了一瓶苹果汁，点燃一支乌普曼雪茄烟。我邀请来一位碧眼褐发英国女郎，她那张面孔唤起我某种记忆，她满口白兰地酒气。我紧紧搂住她。一些黏糊糊的名称立刻从她嘴里冒出来：伊登·罗克、朗波尔迪、巴尔莫勒尔、巴黎饭店，我们曾在蒙特卡洛邂逅。我从英国女郎的肩上观察我父亲，他微微一笑，冲我做了个心照不宣的手势。他很感人，必是希望我娶一位能继承遗产的斯拉夫族阿根廷姑娘。可是自从到了波尔多，我就爱上了圣母、圣女贞德和阿莉艾诺·德·阿基坦[①]。我试图向他解释，一直讲到凌晨三点钟。然而他一支接一支抽雪茄，并不听我说些什么。我们酒喝得太多了。

我们睡到拂晓。波尔多街道跑的是高音喇叭汽车：

"灭鼠战役，灭鼠战役。免费发放灭鼠药，免费发放灭鼠药。请大家到汽车这里来领取。波尔多居民们，灭鼠战役……灭鼠战役……"

我和父亲走在市区街道上。汽车从四面八方冲出来，鸣着笛猛撞向我们。我们慌忙躲进门洞里。我们就是美洲的硕鼠。

---

① 阿莉艾诺·德·阿基坦（1122—1204），曾嫁给法王路易七世，后被休，又嫁给英王亨利二世。

*

　　我们终归得分手了。开学的前夕，我将衣橱里的东西胡乱扔到屋子中央：有萨尔克和康朵迪领带、开司米套衫、多塞披肩；成套服装有克律德、卡奈特、布鲁斯·奥罗福松、奥罗森等牌子的；还有浪凡睡衣、亨利念心儿手帕、古驰皮带、杜维和马歇尔皮鞋……

　　"喏！"我对父亲说道，"这些您全带回纽约，作为对您儿子的念想。从今往后，贝雷帽和高师文科预备班灰渣色校服，就将保护我不再胡闹。我要放弃黑猫和总督牌高级香烟，只抽灰色烟叶。我要申请加入法国国籍。我要彻底融入法国。我还要像德雷福斯和斯特罗海姆那样，参加军国主义犹太人团体吗？看情况吧。眼下，我要效仿布鲁姆、弗莱格和亨利·弗兰克，准备念高等师范学校。马上就把圣西尔军校当作目标，那就未免笨拙了。"

　　我们在豪华饭店酒吧，最后再喝了一杯杜松子酒。我父亲穿上了旅行服装：头戴一顶红丝绒鸭舌帽，身穿鬈毛羔皮袄，脚穿蓝色轻便鳄鱼皮鞋。嘴上叼着他那帕塔加斯雪茄。一副墨镜遮住他的眼睛。他流泪了，我是从他说话的声调发觉的。他心情太激动，一时忘记这个国家的语言，讷讷讲了几句英语。

"您能去纽约看我吗？"他问我。

"我看不可能，老伙计。要不了多久，我就离开人世了。刚好够我考入高等师范学校的时间，也就是同化的头一个阶段。我向您保证，您的孙子一定能当上法国元帅。对，我要争取传宗接代。"

在火车站的站台上，我对他说道：

"别忘了从纽约，或者从阿卡普尔科城①给我寄一张明信片来。"

他紧紧拥抱了我。等列车开走了，我倒觉得我去墨西哥吉耶纳的计划不值一提。我为什么不追随这个意外的同谋者而去呢？有我们两个人，马克斯兄弟就会黯然失色了。我们面对观众即兴表演，滑稽搞笑并且赚人眼泪。老什勒米洛维奇是位胖先生，浑身穿得花花绿绿。孩子们非常欣赏这两个小丑。尤其小什勒米洛维奇一下绊，老什勒米洛维奇脑袋冲前摔进沥青大锅里。再就是小什勒米洛维奇一撤梯子，让老什勒米洛维奇摔下来。还有，小什勒米洛维奇下黑手，将老什勒米洛维奇的衣服点燃，等等。

他们在德国巡回演出之后，现在到了梅德拉诺。什

---

① 阿卡普尔科：加拿大城市。

勒米洛维奇父子是巴黎派头十足的明星，比起高雅的观众来，他们更喜爱街区电影厅和外省马戏团那样的观众。

父亲走了，我很伤心。对我来说，开始进入成年了。在拳击场上，只剩下一个拳击手了，他直接击打自身，不久他就会颓然倒下去。眼下我还有机会，哪怕是一分钟，吸引住公众的注意力吗？

*

开学之后，每个星期天都下雨，咖啡馆比平日更明亮。在上学的路上，我还真有点自鸣得意：一个轻浮的犹太青年，不可能突然这样执著，这种毅力也只有享受国家奖学金的本乡本土的学子才会具有。我想起我的老友森加尔在《回忆录》第三卷第十一章中写道："我将开辟一条新路。财富还会助我成功。我拥有各种必要的手段，以便协助盲目的女神；不过，我缺乏一种根本的优点：顽强的意志。"我真能成为高等师范学校的学生吗？

弗莱格·布鲁姆和亨利·弗兰克的身上，一定多少有点布列塔尼血统。

我上楼到宿舍。我从未进过世俗学校，当初在哈特梅尔学校上学，是母亲给我注册的，瑞士那些学校都由耶稣会士管理。我到这里惊奇地发现，根本没有拯救灵魂的仪式。我把这种担心讲给几个在场的住宿生听。他们哈哈大笑，根本不在乎什么圣母，随后便让我给他们擦鞋；堂而皇之地说他们比我早入学。

我反驳的话分两点：

一，我不明白他们为什么不敬重圣母。

二，我并不怀疑他们入学"比我早"，犹太人迁居波尔多一带，也仅仅始于十五世纪。我是犹太人。他们是高卢人。他们一直在迫害我。

两个男生走上前来交涉。一个是基督教民主党派，另一个是波尔多犹太人。前者对我悄声说，在这里不要过分宣扬圣母，因为他渴望接近极左派的学生。后者却指责我是"挑衅分子"。况且，并不存在犹太人，这是雅利安人的一种编造，如此种种，不一而足。

我向前者解释说，圣母值得我们为她同所有人反目。我明确向他表示，绝不赞成十字架圣约翰①和帕斯卡尔，他的天主教教义太温和。我还补充道，无论怎样，给他上教理课的事，绝不会轮到我这个犹太人头上。

后者的表态，让我的心充满无限忧伤——那些异教徒

---

① 十字架圣约翰（1542—1591），西班牙修道士，教会博士。

干得漂亮，给人彻底洗脑了。

所有人都认为这是定论，并且把我孤立起来。

*

阿德里安·德比戈尔教我们文学课，他蓄留一大把胡子，身穿黑礼服，他那双畸形足引起学生的嘲笑。这个稀罕的人物曾经同莫拉、保尔·夏克和马约尔·德·吕佩主教大人交谊甚厚；法国听众肯定还记得"炉边谈话"的节目，那正是德比戈尔为维希广播电台制作的。

一九四二年，他成为教育部长阿贝尔·博内尔的幕僚。每次博内尔换上安娜·德·布列塔尼①的服饰，以暧昧的声调，娇滴滴地对他说："如果法国还有公主的话，那就应当把她推进希特勒的怀抱"，或者每次这位部长向他夸耀党卫军那种"男性魅力"，德比戈尔就特别气愤。最终他跟博内尔闹翻了，给教育长起个绰号，叫"盖世太保娘子"，这每每让贝当开怀大笑。德比戈尔退隐到曼齐埃群岛，还力图将渔民突击队聚拢在自己周围，以便抵抗英国人。他敌视英国的态度不亚于亨利·贝罗。他还在童

---

① 安娜·德·布列塔尼（1477—1514），布列塔尼女公爵。

年，就庄严地向父亲保证，长大要到圣马洛当海军上尉，永远也不会忘记特拉法加海战的"耻辱"。凯尔比港事件发生时，这句掷地有声的话，都认为是他讲的："一定要让他们偿还！"在德国占领期间，他同保尔·夏克有大量书信往来，还给我们念了一些段落。我那些同学不失时机地总要侮辱他。他一来上课，他们都站起来，齐声说道："元帅，我们到齐！"黑板上满是法兰克战斧和贝当的照片。德比戈尔讲课时，谁也不注意听讲。他时常双手捧住头失声痛哭。于是，一个名叫杰尔比埃的学生，上校的儿子，高声说道："阿德里安哭了！"大家放声大笑。当然，除我之外。我决定给这个可怜人当保镖。近来我虽然患了肺结核，体重还有九十公斤，而身高一米九十八公分，说来也巧，我生在一个强悍的地方。

*

我一下手，就给杰尔比埃眉弓开了个口子。一个名叫瓦尔苏松的公证人的儿子骂我"纳粹"，我就打断他三节脊椎骨，以便纪念参加党卫军的什勒米洛维奇，他战死在俄罗斯前线，或者死于冯·伦德施泰特反击战中。剩下来要制服几个高卢小子，也只有夏泰尔热拉尔、圣蒂博、拉罗什波，全让我给收拾了。从此以后，我来代替德比戈尔，开始上课时朗诵莫拉、夏克、贝罗的作品选段。大家对我这种强烈的反应都疑虑重重，课堂上听得见嗡嗡飞的苍蝇，笼罩着犹太恐怖的气氛，而我们的老教师脸上又有了笑容。

说到底，我的同学何必都摆出一副厌恶的神情呢？

莫拉、夏克和贝罗，不是很像他们的祖父吗？

我让他们发现他们同胞中最圣洁、最纯粹的人，表现出极大的热心肠，可是这些家伙非但不知恩图报，还把我视为"纳粹"……

*

我对德比戈尔建议说：

"您让他们研读乡土作家吧。这些小青年都蜕化变质了，有必要关注他们父辈的美德。这会改变他们，不再受托洛茨基、卡夫卡和其他茨冈人的影响。况且，他们根本就不理解。殊不知要读这些作者，身后必须有两千年遭受暴行的迫害史，我亲爱的德比戈尔。我若是瓦尔苏松，就不会表现得那样好高骛远！我只会满足于研究外省，饮用法兰西的泉水！这么着：在头一学期法国教育体制一学年分三个学期。我们给他们谈您的朋友贝罗。我觉得这个里昂人完全合适。就《萨博拉的辣妹们》讲解几个选段……接着选读欧仁·勒鲁瓦的小说:《乡巴佬雅库》和《德·拉哈尔菲小姐》,两部作品能向我们揭示佩里戈尔的地方美。借助莱翁·克拉代尔,可以到凯尔西地区逛一逛。再由夏尔·勒戈菲克保护,到布列塔尼逗留几天。鲁内尔会带我们去勃艮第那边。看完吉约曼的《一个普通人的生活》,波旁内人对我们就没有秘密可言了。阿尔封斯·都德和保尔·阿雷讷,能让我们闻到普罗旺斯的芳香。我们也要提及莫拉和米斯特拉尔! 到第二学期,我们就要由勒内·布瓦莱夫陪同,去都兰地区享受秋天。您读过《俯栏杆的孩子》吧? 太精彩了! 第三学期着重阅读第戎人,爱德华·埃托尼埃的心理分析小说。总之,了解多愁善感的法兰西! 我这读书大纲您满意吗?”

德比戈尔微笑起来,用力握住我的双手。他对我说道:

“什勒米洛维奇,您不折不扣,真是兜售保王党报纸的报贩! 哈! 本土的法国青少年,如果都像您这样该有多好啊!”

*

　　德比戈尔经常邀请我去他家里。他居住的房间堆满了书籍和文稿。墙上挂着几个狂热分子发了黄的照片，有比什洛讷、埃罗尔帕齐，以及埃斯特瓦、达尔朗和普拉通三位海军上将。他那年迈的女佣给我们上茶。约摸晚上十一点钟，我们到波尔多咖啡馆露天座喝了杯开胃酒。他头一回听我谈到莫拉的生活习惯、普若的山羊胡子，显得特别惊讶。

　　"可是，拉斐尔，您那时还没有出生呢！"

　　德比戈尔心想，这是一种灵魂转世的现象，我前世曾是一个狂热的莫拉分子，一个百分之百的法国人，一个无条件的高卢人，同时又分身为一个合作的犹太人：

　　"哦！拉斐尔，我真希望一九四〇年六月您也在波尔多！想象一下！一场毫无节制的狂舞！那些先生留着胡子，身穿黑礼服！有些是大学老师！有些是共和国的部长！他们闲聊！他们挥舞着手臂！大家听雷达·凯尔、莫里斯·舍瓦利埃唱歌，不料，劈里啪啦！一群黄头发的家伙，光着膀子冲进交际咖啡馆！进行一场屠杀游戏！那些留胡子的先生被抛到天棚上！一排排酒瓶掷到墙上摔碎！玻璃瓶碎片将那个佩尔诺德脑袋开了瓢儿，鲜血汩汩流出来！老板娘名叫玛丽雅娜，她跑过来，跑过去，连连小声惊叫！她是个老婊子！娼妓！她的裙子也脱落了，被一排子弹打倒！凯尔和舍瓦利埃都没了命！拉斐尔，在我们这样善于思考的人看来，这是多么惨不忍睹的场景！这是何等的报复啊！……"

*

我最终厌倦了扮演苦役犯看守的角色。既然我的同学不肯接受莫拉、夏克和贝罗，既然他们不屑于阅读夏尔·勒戈菲克和保尔·阿雷讷的小说，德比戈尔和我，我们可以谈谈"法兰西的才华"更具普遍意义的几个方面：泼辣和粗犷、古典主义的美、道德学家的中肯、伏尔泰式的嘲讽、心理分析小说的细腻、英雄主义的传统，体现在从高乃依到乔治·贝尔纳诺斯的作品中。德比戈尔对伏尔泰极为不满。这个"投石党"和反犹太人的资产者，也同样令我反感；不过，我们在《法兰西才华概论》中，如果不提及伏尔泰，别人就会指责我们有失偏颇。

"咱们要理智一些，"我对德比戈尔说道，"您非常清楚，我更喜欢约瑟夫·德·迈斯特尔。咱们还是克制一点，谈谈伏尔泰吧。"

在我们的一次讲座过程中，圣蒂博再次扮演了刺头的角色。"拉法耶特夫人妙笔下纯法兰西的优美"，德比戈尔一句失言，惹得我这位同学愤然而起。

"什么'法兰西才华'，什么这'主要是法兰西的'，'法兰西传统'，'我们的法兰西作家'，你们什么时候不再重复这些话？"这个高卢青年吼道，"我的导师托洛茨基说过，革命没有祖国……"

"我的圣蒂博老弟，"我反驳道，"您又惹我生气了。您脸蛋的肉太肥厚，血液也太黏稠，嘴里吐出托洛茨基的名字，就等于一种亵渎！我的圣蒂博老弟，您的曾叔祖父夏尔·莫拉就写道，一个人如何没有耕耘法兰西土地上千年，就读不懂拉法耶特夫人的作品，也读不懂尚福尔。我也要对您这样讲，我的圣蒂博老弟：必须遭受迫害、火刑和集中营生活长达千年，才能每行每句读懂马克思，或者勃隆斯坦……勃隆斯坦，我的圣蒂博老弟，而不是您堂而皇之讲的托洛茨基！这事到此为止，不要再提，我的圣蒂博老弟，否则的话，我就……"

*

学生家长协会表示愤慨，校长传唤我去他办公室。

"什勒米洛维奇，"校长对我说道，"杰尔比埃、瓦尔苏松和拉罗什波几位先生，指控您打伤了他们的儿子。保卫您的老教师，这当然很好，可是行为竟然如此粗鲁！……您知道瓦尔苏松住院了吗？您知道杰尔比埃和拉罗什波视听都模糊了吗？高等师范学校预备班的优等生啊！这要坐牢的，什勒米洛维奇，坐牢！您首先得离校，今天傍晚就离开！"

"假如这些先生愿意拉我上法庭，"我对校长说道，"那我就会彻彻底底地澄清。有人会给我大做广告。要知道，巴黎可不是波尔多。在巴黎，舆论认为有理的一方，总是可怜的犹太青年，永远不是粗野的雅利安人！我能绝妙地扮演受迫害的角色。左派会因此组织群众大会，发表宣言；请相信我，在一份宣言上签名，支持拉斐尔·什勒米洛维奇，是一种很合乎潮流的举动。总之，这件事情闹大了，会严重损害您的升迁。好好想一想吧，校长先生，您这是往钉子上碰啊。这种事件，我可驾轻就熟了。想一想德雷福斯上尉吧，还有近来，一个当了逃兵的犹太青年雅各布也闹得沸沸扬扬……在巴黎，我们成了追捧的对象。大家总认为道理在我们一边。有什么事都能原谅我们，一笔勾销了。战争结束以来，应当说自从中世纪以来，道德机构全一边待着去了，有什么办法呀！您还记得法国人那种美好的习俗吧：每年到复活节，图卢兹伯爵就在大庭广众之下，扇犹太人团体首领的耳光，那首领还恳求他：'再扇一下，伯爵先生！再扇一下！用您的剑柄打吧！您就把我劈了吧！把我的内脏全掏出来！你再践踏我的尸体！'多么幸福的时期啊！我的图卢兹犹太祖先怎么可能想象出，我会打断一个名叫瓦尔苏松的脊梁骨？我会把一个名叫杰尔比埃的，还有一个名叫拉罗什波的眼珠打冒了？校长先生，人人都会轮到机会！报仇是一盘我们吃的冷菜。千万不要相信我痛悔了！您向这几个青年的父母转达，我很遗憾没有杀了他们！您想想吧！刑事法庭的仪式！一个面色苍白而情绪激动的青年宣布，他要报复图卢兹伯爵每年对他祖先的凌辱！萨特要年轻好几个世纪，以便为我辩护！大家欢庆胜利，会抬着我从星形广场游行到巴士底广场！我也会被人誉为法国的青年王子！"

"您令人厌恶，什勒米洛维奇，令人厌恶！一分钟我也不想再听您讲了！"

"正是如此，校长先生！令人厌恶！"

"我要立刻叫警察来！"

"不要叫警察，校长先生，请您叫盖世太保来。"

*

　　我彻底离开了那所学校。德比戈尔失去了他最优秀的学生，真是不胜惊诧。我们在波尔多咖啡馆见了两三次面。一个星期日晚上，他没有赴约。他的女佣来告诉我，他被送进阿尔卡松一家精神病院。医院明确禁止我去探视。只有他的家人每月可以去看望他一次。

　　我知道我的老教师每天深夜都向我呼救，说是莱翁·布鲁姆对他恨之入骨，一直在追杀他。他通过那名女佣，传递给我字迹潦草的一封信：

　　"拉斐尔，救救我呀。布鲁姆和其他人决定要我的命。这我知道。夜晚，他们好似爬行动物，溜进我的房间。他们举着屠刀威胁我。布鲁姆、芒代尔、扎伊、萨朗格罗、德雷福斯，还有其他人。他们要将我碎尸万段。我恳求您，拉斐尔，救救我吧。"

　　我再也没有收到他的音信。

*

　　不相信不成，在我的生活中，老先生们总扮演关键的角色。

　　我退学半个月之后，正在杜贝尔餐厅花掉最后几张钞票，忽见一个男子坐到邻桌来。那人戴着单片眼镜，叼着一支长长的玉石烟嘴，引起我的注意。那人完全秃顶了，这就给他的相貌平添了一抹令人不安的色调。他怪怪地打了个手势，叫来领班，他那食指仿佛在空中画了个阿拉伯式的装饰图案。我看见他在一张名片上写了几个字，又指了指我，领班便将那方形小白纸送过来给我，只见上面写道：

　　夏尔·列维–旺多姆

　　子爵

　　策划人，渴望与您结识

　　他来到我对面坐下。

　　"我请您原谅我这种放肆的方式，不过，我总是这样溜门撬锁，闯入别人的生活。一张面孔、一副表情就足以赢得我的好感。您类似格列高里·派克的相貌给了我深刻的印象。除此之外，您开办的是什么公司？"

　　他的低沉嗓音很悦耳。

　　"再找一个更温馨的地方，您对我叙述一下您的经历。

摩罗科舞厅怎么样？"他向我建议道。

摩罗科舞厅里，舞池还空无一人，尽管扬声器在播放诺罗·莫拉尔的几段疯狂的瓜拉查舞曲。毫无疑问，这年秋季，波尔多相当流行拉丁美洲音乐。

"我刚刚让学校开除了，"我向他解释道，"打击和伤害。我是个小无赖，而且还是犹太人。我名叫拉斐尔·什勒米洛维奇。"

"什勒米洛维奇？咦，咦！咱们更有理由谈得拢了！我本人出自卢瓦雷一个非常古老的犹太家庭。我的祖先父子相承，给皮蒂维世袭公爵当小丑。您的生平我不感兴趣。我只想了解您要不要找工作。"

"找工作呀，子爵先生。"

"那好，咱们来谈谈。我是策划人。我要推动、操办、拼凑、组织……我需要您当助手。您这样的青年，完全符合要求。仪表堂堂，眉目多情，美国式的笑容。咱们作为男子汉，直言不讳。您怎么看待法国女人？"

"可爱的娇娃。"

"还有呢？"

"可以变成秀色可餐的妓女！"

"精彩！我喜爱您这种讲法！现在，牌都摊在桌面上了，什勒米洛维奇！我是在贩卖白种女人！恰巧法国女人开价挺高。您向我供货吧。我年纪太老，不能去组织货源了。在一九二五年那时候，这种生意自行运转，可是今天，我若是想讨好女人，就得先迫使她们抽鸦片。那时候谁能想得到，列维-旺多姆这个有魅力的青年，到了五十岁的拐弯路，会变成色狼？您呢，什勒米洛维奇，前面还有大好时光；要充分利用啊！利用好您天生的王牌，往坏里勾引雅利安姑娘。然后，您再写回忆录，可以题为《背井离乡的人》：七个法国女人的故事，她们未能抵制住犹太人什勒米洛维奇，有一天在东方或者南美洲重聚，成为窑姐儿了。教训：不应当听信这个专门勾引妇女的犹太人的话，而要留在清新的高山牧场上，绿荫的树林中。您的回忆录就题赠给莫里斯·巴雷斯[①]。"

"很好，子爵先生。"

"动手干吧，小伙子！您即刻动身去上萨瓦省。我接到过里约热内卢的一个订单：'法国山区青年女子。棕褐色头发。身体结实。'这次，是来自贝鲁特的订货：'出身高贵的法国女子，祖先应参加过十字军征战。外省贵族世家。'肯定是我们这种类型的色鬼！一个埃米尔，要报复夏尔·马泰尔。"

---

① 莫里斯·巴雷斯《民族力量小说》三部曲之一，便是《背井离乡的人》。

"或者报复十字军夺取君士坦丁堡……"

"您要这么说也可以。总之，我找到了合适的货色。在卡尔瓦多斯省……一位年轻女人……出身于阀阅世家！家住十七世纪古堡！徽章的天蓝色背景上有十字架、铁矛和花叶饰。围猎吧！您该大展身手了，什勒米洛维奇！一刻也不要耽误！还有别的事等着做呢！劫持人又不能流血。走，去我家，最后再喝一杯，我就送您去火车站。"

列维-旺多姆的套房布置了拿破仑三世风格家具。子爵带我走进他的书房。

"您瞧瞧，这些全是精装本书籍，"他对我说道，"喜爱珍本，也是我的秘密癖好。嗬，我随便抽出一本，是勒内·笛卡尔的《论刺激性欲的药物》。伪经，纯粹是伪经……我仅凭一己之力，就重新做出全部法国文学。这是帕斯卡尔给德·拉瓦利埃尔小姐的情书。博须埃的一则淫秽故事。拉法耶特夫人的一个桃色事件。岂止要将这个国家的女人都勾引坏了，我还想把全部法国文学改编成婊子文学。让拉辛和马里沃剧中的女主人公统统变成娼妓。米妮在布里塔尼库斯惊恐的目光下，情愿同尼禄做爱。昂朵洛玛克初次邂逅皮鲁斯，就投入他的怀抱。马里沃笔下的那些伯爵夫人，换上她们使女的衣裙，借使女的情人一夜欢情。您应当明白，什勒米洛维奇，贩卖白种女人，也并不妨碍成为文化人。我编辑伪文学长达四十年之久，力图搞臭最著名的作家。您学着点儿吧，什勒米洛维奇！要报仇，什勒米洛维奇，报仇啊！"

后来，他将他的两名打手，穆卢和莫斯塔法，推荐给我。

"他们听候您的调遣，"他对我说道，"您一旦向我提出来，我就打发他们过去。同雅利安女人打交道，说不准会出什么事。有时候，还必须粗暴一些。穆卢和莫斯塔法两个人，过去是北非军团党卫队队员，能制服最不听话的人，他们在这方面的能力无与伦比。我是在洛里斯通街博尼和拉丰那里认识他俩的，那时我给约阿诺维西当秘书。真是令人惊叹的家伙，您就瞧着吧！"

穆卢和莫斯塔法长相一样，就如同孪生兄弟。脸上有同样的伤疤，鼻子同样塌下去。他们也立时向我表现同样的殷勤之态。

列维-旺多姆送我上圣若望火车站。在站台上，他递给我三沓儿钞票：

"给您个人的费用。打电话来，把情况告诉我。报仇啊，什勒米洛维奇！要报仇啊！您要冷酷无情，什勒米洛维奇！报仇啊！报……"

"好了，子爵先生。"

三

　　阿讷西湖颇有浪漫的色彩，不过，一个从事贩卖白人妇女的青年，一定要排除这类念头。

　　我乘上去 T 镇的头一班汽车。T 镇是一个乡政府的所在地，是我随意在米其林地图上选的。车行驶在上坡路上，向内侧急拐弯引起我恶心。我感到自己快要忘记了美好的计划。他喜爱异地风光，并渴望在萨瓦养好肺病，精神很快就振作起来。我身后坐着几名军人，他们唱着《山里人在此》，我也随声附和，唱了一会儿。继而，我摩挲起我的粗条绒裤子，注视着我在阿讷西老城店铺买的粗制皮鞋，以及铁头登山杖。我打算采取这样的策略：在 T 镇，我装成一个爱好登山的青年，但是没有经验，了解山脉的那点知识，也仅限于弗里松·罗什的描述。假如我表现得很有办法，那么别人很快就能对我产生好感，我也就可能进入当地人的家庭，暗中发现一个值得弄到巴西的姑娘。为了稳妥起见，我决定冒充我的朋友德·埃萨尔完全法国人的身份。什勒米洛维奇的姓名有异端的味道。维希政权保安队在这地方肆虐的时期，这些野人肯定听人讲过犹太人。千万不能唤醒他们的猜疑。我要压下列维-斯特劳斯式的人种学家的好奇心。不要用马贩子的那种目光打量他们的女儿，否则，他们就会猜出我的祖先是东方人。

汽车停到教堂前面。我背上登山背包，铁头登山杖杵到铺石街道上嘎嘎作响，迈着沉稳的脚步一直走到三冰川旅店。看了十三号客房的铜床和花墙纸，我立刻表示满意。然后，我往波尔多打电话，通知列维-旺多姆我到了地方，接着吹起小步舞曲。

*

开头，我注意到当地居民的一种反应：他们看见我这么高个子，就有些惴惴不安。我凭经验就知道，身大力不亏，最终对我有利。我拎着铁头登山杖，脚下穿了防滑鞋，第一次跨进乡镇咖啡馆，就感到所有目光都投来测量我。是一米九十七，九十八，九十九，还是两米呢？大家打了赌。面包房老板格吕法兹先生猜对了，将所有赌注收入囊中。他随即向我表示极大的好感。格吕法兹先生有女儿吗？我很快就知道了。他将我介绍给他的朋友：公证人佛尔拉兹-马尼戈和药剂师萨瓦兰。他们三人向我提议喝杯苹果烧酒，一入口辣得我直咳嗽。过了一会儿，他们告诉我，他们准备打纸牌，要等退役上校阿拉维斯来。我请求算上我，心里直感激列维-旺多姆，幸好在我启程之前，他教会了我打纸牌。我想起了他这中肯的提示：

"贩卖白人妇女，尤其贩卖法国外省的姑娘，丝毫也不是令人兴奋的事，我及时地告诉您这一点。您必须养成推销员的一些习惯：打牌、打台球和喝开胃酒，是混进别人家庭的最有效手段。"

他们三人问我到 T 镇逗留所为何故。我已料到这一问，便对他们解释说，我是个法国贵族青年，酷爱登山运动。

"阿拉维斯上校一定会喜欢您，"佛尔拉兹-马尼戈向我交底，"阿拉维斯那人真令人惊叹。从前是阿尔卑斯山猎步兵。特别喜爱山头峰顶。嗜登山如命的主儿。他会指导您的。"

阿拉维斯上校来了，他从头到脚打量我，掂量我入阿尔卑斯山猎步兵团的前途。我十分用力地同他握手，脚跟啪地并拢。

"让弗朗索瓦·德·埃萨尔！幸会，幸会，我的上校！"

"英俊的小伙子！是块当兵的料！"他向其他三人宣布。

他变得慈父一般：

"年轻人，只恐怕时间来不及，否则试试攀岩运动，我也能判断一下您的能力！算了，这部分先放一放！不管怎样，我要将您培养成经得住考验的山里人。看样子您的体魄很好，这是主要的！"

我新交的四位朋友开始打一局纸牌。外面正下雪。我埋头看当地报纸《自由回声报》，看到一条影讯：马克斯兄弟主演的一部片子正在T镇电影院演出。我们现在是六兄弟了，六名流亡在萨瓦的犹太人。我少了几分孤独感。

*

考虑再三，比较吉耶讷而言，我同样喜欢萨瓦。这不是亨利·波尔多的故乡吗？约摸十六岁那年，我用心阅读了《罗克维拉尔一家》《沙特勒斯迪勒波苏瓦》和《西米兹的骷髅地》。作为无国籍的犹太人，我贪婪地吸着这些杰作散发出来的乡土芬芳。有一段时间，我理解不了亨利·波尔多深感痛苦的那种失意。他对我产生了决定性的影响，而我也始终是他忠实的信徒。

说来幸运，我在几位新朋友的身上，发现了与我相同的兴趣爱好。阿拉维斯读当里上尉的作品，小萨瓦兰迷恋勒内·巴赞，面包师格吕法兹爱看皮埃尔·汉普的书。公证人佛尔拉兹-马尼戈特别欣赏爱德华·埃托尼耶。他向我大肆赞扬这位作者的优点，并没有告诉我什么新鲜东西。德·埃萨尔在《什么是文学？》中，谈到这位作者时这样写道：

"爱德华·埃托尼耶，我认为是我读到的最邪恶的作家。埃托尼耶笔下的人物：国库主计官、邮电局女接线员、外省神学院学生，乍一看都令人放心；然而，表面却靠不住：这个国库主计官有一颗能用炸药搞破坏的人的灵魂，这名电话接线员一下班就卖淫，而这名神学院学生，跟吉尔·德·雷一样嗜血成性……埃托尼耶选择黑礼服、头巾甚至教袍来掩饰罪恶，无异于一个乔装公证人文书的萨德，一个打扮成贝纳黛特·苏毕鲁的热内……"

我给佛尔拉兹-马尼戈念了这一段，并说我就是作者。他连声祝贺，还请我去吃晚饭。在餐桌上，我偷眼瞧他的妻子，觉得稍嫌成熟了些；不过，万一没有找见什么人，我心下盘算就不能挑肥拣瘦了。这样，我们就要经历一番埃托尼耶的小说情节：这个法国贵族青年，登山运动的迷恋者，只不过是一个从事贩卖白人妇女的犹太人，而这位公证人的妻子，别看如此矜持，如此土里土气，如果我判断不错的话，那么用不了多久，她就会落到巴西一家妓院里。

*

亲爱的萨瓦！例如对阿拉维斯上校一段温馨的记忆，我就终生难忘。在法国内地，每个小青年都有一个这种货色的祖父，并且感到耻辱。我们的同学萨特就要忘记他的姑丈公，施韦策博士。我到纪德在库沃维尔镇的老宅拜访，他就像中了魔似的反复对我说："家庭，我憎恨你！家庭，我憎恨你！"惟独我少年时候的朋友阿拉贡，没有否定他的出身。因而我感激他。斯大林在世的时候，他自豪地对我说过："阿拉贡一家人，父子都是警察！"他得了个好分数。其他两个人，只能是误入歧途的孩子。

我，拉斐尔·什勒米洛维奇，恭恭敬敬地听从我祖父，阿拉维斯上校的话，正如我听从我叔祖阿德里安·德比戈尔的话那样。

"德·埃萨尔，"阿拉维斯对我说道，"啊哈，一定要当阿尔卑斯山猎步兵！您会成为女士们的宠儿！像您这样一个大小伙子！又是军人，您一定会走红！"

不幸的是，猎步兵的军装又让我想起保安队的服装，二十年前我就是穿着那种服装死掉的。

"我热爱军装，可是军装从来没有给我带来好运，"我向上校解释道，"一八九四年那时候，军装就已经给我惹来一场引起轰动的官司，害得我在魔鬼岛蹲了几年大牢。什勒米洛维奇案件，您还记得吧？"

上校没有听我说话，只是凝视我的眼睛，继而高声说道：

"我的孩子，请你抬起头。用力握握手。尤其避免傻乎乎地打哈哈。我们已经看够了法兰西种族的堕落。我们需要纯种。"

我很激动。当年我们保安队清剿抗战游击队，队长达尔南也用类似的话激励我。

*

每天晚上，我都起草一份报告，向列维-旺多姆汇报我的活动。我向他提到公证人的妻子，佛尔拉兹-马尼戈夫人。他回答我说，里约热内卢的客户对成熟的女人不感兴趣。我迫不得已，还要在冷冷清清的T镇逗留一段时间。阿拉维斯上校那边毫无指望。他是光棍一条。小萨瓦兰和格吕法兹都没有女儿。而且，列维-旺多姆也明确禁止我不通过人家的父母或者丈夫，直接认识当地年轻女子：我若是那样干，就会赢得猎艳的名声，家家户户都要给我吃闭门羹了。

*

佩拉什神甫如何帮我摆脱困境

我在 T 镇城边散步，有一次遇见这位神职人员。他是萨瓦的代理本堂，正靠在一棵树上观赏自然。他那无比和善的相貌深深打动我。我们攀谈起来。他对我说耶稣基督就是犹太人。我就对他说，那个叫犹大的人也是犹太人，而耶稣基督这样讲犹大："此人最好不要生在世间！"我们边走边谈论神学，一直走到乡镇。佩拉什神甫见我对犹大感兴趣，不免露出忧伤的神色，他对我说道：

"您是个绝望之人。在所有罪孽中，绝望是可鄙的罪孽。"

我向这位圣洁的人解释说，家人打发我到 T 镇来，是为了吸氧润肺，清理思想。我还向他提起我在波尔多高等师范学校文科预备班短暂的学习，明确说我讨厌那所中学激进社会主义的气氛。他责备我不妥协的态度，对我说道：

"您想想贝玑，他所处的时期，一边是沙特尔大教堂，一边是小学教师协会。他竭力向让·饶勒斯介绍圣路易和贞德。年轻人啊，不要太独了！"

我回答他说，我更喜爱马约尔·德·卢佩主教大人，一名天主教徒必须拿基督的利益当回事儿，哪怕参加了法国志愿军团。一名天主教徒还必须挥舞战刀，即使要像西蒙·德·蒙福尔那样宣称："上帝会承认他的子民！"再者说，宗教裁判所，在我看来也是一项公共卫生事业。托克马达和西梅奈斯多么热心，想要治好那些沉迷于疾病，沉迷于犹太人种的人；他们也确实关心备至，劝他们动手术，以免因结核病而一命呜呼。接着，我又向他称赞约瑟夫·德·迈斯特尔、爱德华·德吕蒙，对他宣布上帝不喜爱温和的人。

"既不喜爱温和的人，也不喜爱傲慢者，"他对我说道，"您犯了骄傲的罪孽，这跟绝望的罪孽同样深重。喏，我来派给您一件小差使，您应当把这事视为一种赎罪，一种忏悔。我们教区的主教，过一星期要来参观 T 镇的学校：您写一篇欢迎词，由我递交给教会学校校长。一名年少的学生将以全校的名义，向主教大人致欢迎词。您在欢迎词中要表现出冷静、殷勤和谦卑。但愿这个小差使能把您引回正道上来！我完全理解，您是一只迷途的羔羊，只盼着找见自己的羊群。在黑夜中，每个人都走向自己的光明！我信得过您！（叹息。）"

*

本堂神甫住宅的花园里，有一位金发姑娘，她正好奇地打量我。佩拉什神甫便将他侄女洛依佳介绍给我。姑娘穿了一身海军蓝色校服。

洛依佳点亮一盏煤油灯。萨瓦地区家具上光蜡味道很好闻。左面墙壁上挂的石版画我也很喜欢。神甫抬手轻轻抚在我的肩上：

"什勒米洛维奇，从现在起，您就可以明确告诉家里，您落到了好心人的手中。您的精神健康包在我身上。余下的就由我们山里的空气解决。现在，我的小伙子，您等一下就给我们主教写欢迎词吧。洛依佳，请你给我们上茶和几个奶油圆球蛋糕！这个年轻人需要补充点力量！"

我瞧了瞧洛依佳美丽的脸蛋。按照花之圣母的修女的规矩，她那金发必须编成辫子，可是多亏了我，过不了多久，她就能梳成披肩发了。我心下决定要让她见识见识巴西，这才抽身走进他叔父的办公室，起草致圣乔治夜主教大人的欢迎词：

阁下：

上天乐于把这美丽的主教管区托付给您，圣乔治夜主教大人，您到每个教区就如到家，而您所到之处，总带来安慰和弥足珍贵的祝福。

您来到 T 镇这个风景如画的山谷，就更是到了家，这里著名的披挂，就是五颜六色的牧场和树林。这座山谷不久前还被一位历史学家誉为"一片培养教士的土地，培养出深恋它的精神首领的教士"。就是在这里，在这所往往以豪迈的慷慨为代价建造的学校……阁下在这里就是在家……在您到来之前，我们的小天地就激动起来，欣喜而焦急地等待，一片庄严的气氛。

阁下，您带来令人鼓舞的安慰，带来您指导教师的光辉，而这些教师，您的忠心耿耿的合作者，都肩负着特别费力不讨好的任务；您对学生也这么和蔼可亲，带着慈父般的笑容，全体学生都要努力，不辜负您的关心……我们都热烈欢呼，有您这样一位资深的教育者，有您这样一位青年之友，一位热心的倡导者，倡导一切能为基督学校增光的事情，而基督学校，也正是我们国家美好未来的活生生的现实和保证。

为了欢迎您，阁下，校门口的草坪花坛梳洗一新——尽管时逢严寒的季节——花坛里的鲜花，还是用它们的色彩高唱交响曲；为了欢迎您，我们的学校，平时闹哄哄好似蜂房，现在则一片沉思和寂静；为了欢迎您，上课学习也一反往常，打破了有点单调的节奏……这是盛大的节日，是静静欢喜和立志图强的一天！

阁下，我们愿意加入教会和法兰西美好的工地，投身这个时代革新和重建的巨大努力。我们为您今天的访问而自豪，也为您肯对我们指导而感动，我们怀着喜悦的心情，像对父亲一样向阁下致以传统的敬意：

祝福圣乔治夜大人，

欢迎我们的主教大人！

我希望这篇稿子能让佩拉什神甫喜欢，让我维持住他这份宝贵的友谊：这是我贩卖白人妇女的行当所要求的。

真是万幸，他刚看了几行，便泪如雨下，对我大加赞扬；他还把我这篇稿子亲自送给校长欣赏。

洛依佳坐在壁炉前，微微垂着头，眼神若有所思，一副波提切利笔下少女的神态。明年夏天，她在里约热内卢的妓院一定能走红。

*

教会学校校长，议事司铎圣热尔维，对我写的欢迎词非常满意。他同我刚一交谈，就提议由我取代历史教师——原先的教员伊凡·卡尼古神父不辞而别，杳无音信。据圣热尔维讲，卡尼古神父相貌堂堂，抵制不了他那传教士的使命，打算用福音书教化异教徒。T镇再也没有见到他的人影。议事司铎听佩拉什说我上过高师文科预备班，就不怀疑我有当历史教员的才能：

"卡尼古神父留下的空缺，您先来填补，一直到我们找见新的历史教员为止。这样，您空闲时间也会有点事干。您看如何？"

我跑去告诉佩拉什这个好消息。

"是我求议事司铎给您找点营生干。无所事事对您没有任何好处。干事儿吧，我的孩子！现在您上了正道！千万别再离开呀！"

我请求他允许我打打纸牌。他痛快地同意了。在乡镇咖啡馆，阿拉维斯上校、佛尔拉兹-马尼戈和小萨瓦兰都热情欢迎我。我告诉他们有了份新工作，于是我们相互拍着肩膀，一起喝默兹产的黄香李酒。

*

我的传记到了这种程度，最好还是查一查报纸。我是否遵从佩拉什的建议，进了教会学校呢？亨利·波尔多这样写道："一位新任的阿尔本堂神甫，拉斐尔·什勒米洛维奇神甫"（一九××年十月二十日《法兰西行动报》)，这能让我推测出：这位小说家祝贺我在 T 镇萨瓦小村，表现出那种使徒的热忱。

*

不管怎样，我同洛依佳散步，一走就是好半天。她那身海军蓝的可爱校服、那头金发，给每星期六下午增添色彩。路上遇见阿拉维斯上校，他会心地冲我们微微一笑。佛尔拉兹-马尼戈和小萨瓦兰，甚至还向我提出来给我们当证婚人。我在萨瓦逗留的理由和列维-旺多姆的那脸怪相，都逐渐置于脑后了。不，我决不能将天真烂漫的洛依佳提供给巴西色情业。我要扎下根来，在 T 镇隐居了。

我就当小学教师，过平静而普通的生活。我身边有一个深情的妻子、一位年迈的神甫、一位和蔼可亲的上校，还有给人好感的公证人和药剂师……雨点敲打着窗玻璃，炉火放射着柔和的光亮，神甫跟我亲切谈话，洛依佳低头做针线活。时而，我们的目光相遇。神甫要我背诵一首诗……

> 我的心，笑迎未来……
> 我缄默了恶语怨言，
> 驱逐了忧伤的虚幻。

接着又背诵：
> ……家，油灯的一抹光亮……

到了夜晚，我在旅馆的小客房里，着手写回忆录的第一部分，以便摆脱那种风风雨雨的青春时代。我信赖地眺望山峦和森林、乡镇咖啡馆和教堂。犹太式的矫揉造作可以休矣。我憎恨害得我好苦的谎言。大地，她可不说谎。

*

我满怀如此美好的决心，开始起飞了，动身去教授法国历史。我给学生上的一堂课，毫无节制地赞扬贞德。我投身每一次的十字军征战，在布维讷、罗克鲁瓦和阿科尔桥战斗。唉！我很快就发觉，我没有那种"法兰西愤怒"。行军路上，那些金发骑士跑到前头，装饰百合花图案的战旗也从我手中失落。一名犹太歌女唱的悲歌，向我讲述一个死人既不能佩戴马刺、圣西尔军校生的羽饰，也不能戴白手套。

我终于按捺不住，抬起手来，食指指向我最优秀的学生克朗-杰夫里耶：

"是一个犹太人打破了苏瓦松的圣盘！一个犹太人，听明白了吗？'是一个犹太人打破了苏瓦松的圣盘！'这句话你给我抄写一百遍！你要学好功课，克朗-杰夫里耶！零分，克朗-杰夫里耶！下课不准出教室！"

克朗-杰夫里耶哭起来。我也哭了。

我突然离开教堂，去给列维-旺多姆发电报，告诉他下星期六我交出洛依佳，建议接头地点定在日内瓦。随后，我一直写到凌晨三点钟，起草我的自我批评：《战场上的一个犹太人》，我谴责自己对法国外省手软。我直言不讳地写下这样的话："拉斐尔·什勒米洛维奇像约阿诺维西-萨克斯那样，成为通敌合作的一个犹太人之后，又效法巴雷斯-贝当，表演《回归大地》的喜剧。德雷福斯-

斯特罗海姆上尉那种犹太军国主义者，何时演出邪恶的喜剧呢？像西蒙娜·薇依-塞利纳那样可耻的犹太人喜剧吗？还是像普鲁斯特-达尼埃尔·阿莱维-莫洛亚那样杰出犹太人喜剧呢？但愿拉斐尔·什勒米洛维奇安分一点，简简单单做个犹太人……"

写完这份忏悔书，世界又恢复了我喜爱的颜色。探照灯扫荡着乡镇广场，皮靴敲打着人行道。有人叫醒了阿拉维斯上校、佛格拉兹-马尼戈、格吕法兹、小萨瓦兰、佩拉什神甫、议事司铎圣热尔维、我的最好学生克朗-杰夫里耶、我的未婚妻洛依佳，向他们询问我的来历。一个犹太人隐藏在上萨瓦省。一个危险的犹太人。头号公敌。重金悬赏我的脑袋。最后一次见到我是什么时候？我的这些朋友肯定要揭发我。保安队已经接近"三冰川"旅馆。他们撞开我的房门。我呢，四仰八叉地躺在床上，等待着，对，我在等待，用口哨吹奏小步舞曲。

*

我在乡镇咖啡馆，喝最后一杯默兹的黄香李酒。阿拉维斯上校、公证人佛格拉兹-马尼戈、药剂师小萨瓦兰和面包师格吕法兹，都来为我送行。

"明天晚上我就回来打牌，"我对他们说，"我给你们带回瑞士巧克力。"

我告诉佩拉什神甫，我父亲在日内瓦一家饭店下榻，渴望同我度过一个晚上。神甫为我准备了一顿快餐，还嘱咐我回程的路上别耽搁。

我到湖畔维里耶下汽车，在花之圣母修道院门前守候。不大工夫，洛依佳就出了大铁门。于是，整个事情完全按照我预料的进展。我向她表白爱情，说起清凉的湖水、私奔，谈到武侠小说中的艳遇，只见她的眼睛发亮了。我拉着她一直走到阿讷西汽车站。随后，我们登上开往日内瓦的汽车。途经克吕塞耶、阿讷马斯、圣于连、日内瓦，最后到里约热内卢。季洛杜作品中的女孩子都爱旅行。这一位还是有点不安。她跟我说没有带箱子。小事一桩。到了地方，东西我们就全买齐了。我要把她引见给我父亲，列维-旺多姆子爵，老人家给的礼物，会让她满载而归。您就瞧吧，他非常和蔼可亲。秃顶了。他戴一副单片眼镜，叼着一支玉石长烟嘴。您不要害怕。这位先生是要帮助您。我们过了边境。抓紧时间。我们在贝尔格饭店酒吧，等候子爵的工夫喝一杯果汁。子爵朝我们走来，身后跟随两名杀手，穆卢和莫斯塔法。赶快。他接连猛吸玉石烟嘴，正了正单片眼镜，递给我一个装满美元的信封。

"您的酬金！女孩子交给我了！您呢，一点时间也不要耽误！萨瓦之后，就去诺曼底！您一到达，就给我往波尔多打电话！"

洛依佳惊慌地朝我瞥来一眼。我向她保证马上就回来。

*

这天夜晚，我沿着罗讷河岸散步，想到让·季洛杜、科莱特、马里沃、魏尔伦、夏尔·德·奥尔良、莫里斯·塞夫、雷米·拜洛和高乃依。比起这些作家来，我显得很粗鲁。实在不够格。我请他们原谅，带他们到法兰西岛省，而不是在立陶宛的维尔诺看黎明。我不大敢写法语了：如此精美的语言，到我的笔下就全变味了。

我又划拉出来五十页。此后就放弃文学。发下狠誓。

*

我要在诺曼底圆满完成我的情感教育。富热尔-朱斯加姆，卡尔瓦多斯省的一座小城，有一处点缀：十七世纪的一座古堡。我就像在 T 镇那样，要了一间客房。这一次，我的身份是热带食品代理商，送给"三海盗"旅馆老板娘几块阿拉伯香甜糕点，向她询问那位古堡女主人，韦罗妮克·德·富热尔-朱斯加姆的情况。她所知道的全对我讲了：侯爵夫人寡居，只有到星期天做大弥撒时，村民才能见到她。每年她组织一场围猎。每星期六下午，允许游客参观她的城堡，每人收费三百法郎。侯爵夫人的司机热拉尔充当导游。

当天晚上，我就给列维-旺多姆打电话，告诉他我抵达诺曼底。他恳求我迅速完成使命，只因我们的客户萨曼达尔王子等不及了，每天给他发电报催促，威胁说一周内不交货，就撕毁合同。看来，列维-旺多姆并不明白我将面对的困难。我，拉斐尔·什勒米洛维奇，怎么可能说结识就结识一位侯爵夫人呢？更何况我不是在巴黎，而是在富热尔-朱斯加姆，完全在法国乡村。一个犹太人，即使长得非常漂亮，也不准靠近古堡，除非星期六下午，混在其他参观的乡下人中间。

我通宵研究侯爵夫人的家谱，这是列维-旺多姆参照多种资料编制的。参考材料极有价值。例如，萨姆埃尔·布洛克-莫雷尔于一八四三年创办的法国贵族年鉴，就这样明确记载：

"富热尔-朱斯加姆。摇篮：诺曼底-普瓦图。始祖：儒尔丹·德·朱斯加姆，阿莉艾诺·德·阿基坦的私生子。（纹章上的）题铭：'朱斯加姆拯救你的灵魂，富热尔不会让你迷失。'朱斯加姆家庭于一三八五年继承了富热尔的首批伯爵家庭。爵衔：德·朱斯加姆公爵（世袭公爵领地），根据一六〇三年九月二十日国王诏书；贵族院世袭议员，根据一八一四年六月三日敕令；世袭公爵贵族院议员（德·朱斯加姆公爵），根据一八一七年八月三十日敕令。分支：罗马男爵，根据一八一九年六月十九日教皇敕令，由一八二二年九月七日国王敕令确认；亲王，可以传给所有后代，有一八四六年三月六日巴伐利亚国王证书为凭。伯爵世袭贵族院议员，根据一八一七年六月十日国王敕令。纹章：蓝色田野上开小花的唇形花，黄星点构成X形。"

罗贝尔·德·克拉里、维尔阿杜安和亨利·德·瓦朗西埃讷，在他们撰写的第四次十字军编年史中，授予富热尔的领主们品行优良证书。科米讷和蒙吕克，也大肆颂扬朱斯加姆家族英勇的将领。在他撰写的《圣路易史》第十章中，儒安维尔提起富热尔的一位骑士的超凡身手：

"这时，他挥起剑，劈中那犹太人的眼睛，将敌酋打翻在地。于是犹太人都掉头逃窜，抬走他们身受重伤的头领。"

*

　　星期天早晨，他守候在教堂大门前面。将近十一点钟，一辆黑色加长轿车驶进广场，他的心狂跳不已。一位金发女郎朝他走来，可是，他却不敢抬眼看人家，只是随后也走进教堂，还极力控制自己的激动心情。这女子的情影多么纯洁！她的上方有一块彩绘玻璃，图案便是阿莉艾诺·德·阿基坦进入耶路撒冷。好像那就是富热尔-朱斯加姆侯爵夫人。同样一头金发，同样的头型，同样的脖颈，那么柔弱。他的目光从侯爵夫人移向王后，心中暗道：

　　"她多美啊！多高贵啊！我眼前的这位，的确是阿莉艾诺·德·阿基坦的后裔，一位自豪的朱斯加姆家族的成员。"

　　再不然，又这样想道：

　　"朱斯加姆家族，在查理大帝之前就非常荣耀，对仆从有生杀大权。富热尔-朱斯加姆侯爵夫人，是阿莉艾诺·德·阿基坦的后裔。这地方的人，她一个也不认识，也不肯认识。"

　　更不要说什勒米洛维奇。他决定放弃这场赌博：列维-旺多姆也会完全明白，他们太自以为是了。把阿莉艾诺·德·阿基坦变成窑姐儿！这种前景令他反感。什勒米洛维奇，叫这个名字是不错，但是内心深处总还有点人情味儿。羽管风琴的乐声和圣歌唤醒他善良的天性。他绝不会将这位公主、这位仙女、这位圣女交给撒拉逊人[①]。他要努力当好她的侍从，一名犹太侍从，而风俗习惯，从十二世纪以来毕竟发生了变化，富热尔-朱斯加姆侯爵夫人虽然出身高贵，也不会那么目空一切了。他要假借他的朋友德·埃萨尔的身份，更快地接近侯爵夫人。同样，他也要向她谈谈自己的祖先，那位将领富尔克·德·埃萨尔，参加十字军征讨之前，就宰杀了二百名犹太人。富尔克干得好，那些家伙拿圣体饼取乐，放进水里煮沸，屠杀他们还是最轻的惩罚，一千个犹太人的肉身，肯定抵不上仁慈上帝的圣体。

　　做完弥撒出来，侯爵夫人不经意地望了望这些信徒。难道这是一种幻视吗？她那双雪青色的眼睛凝视他。难道她看出，一个小时以来他对她的虔诚吗？

　　他跑步穿过教堂前广场，等那辆黑色轿车距他还有二十米远时，他就瘫倒在马路中央，佯装昏迷过去。他听

[①]　撒拉逊人：中世纪欧洲人对阿拉伯人以及西班牙穆斯林摩尔人的统称。

见刺耳的刹车声，还传来一个温柔而悠扬的声音：

"热拉尔，拉上那个可怜的年轻人吧！一定是身体不舒服了！他脸色那么苍白！我们回城堡，给他冲杯糖水烈酒喝。"

他撑着不睁开眼睛。司机安放他躺在后座上，有一股俄国皮革的气味，不过，他只要在心中反复念叨朱斯加姆这个极温馨的名字，便惬意地闻到紫罗兰和灌木丛的清香。他在想象阿莉艾诺王后的金发，想象他缓缓接近的城堡。他的头脑时刻萦绕这样的念头，他曾是个通敌合作的犹太人，一个高等师范生的犹太人，一个亲近田野的犹太人，现在躺在侯爵夫人有纹章（蓝色田野上开小花的唇形花，黄星点构成 X 形）的轿车上，他很可能变成一个高雅的犹太人。

*

侯爵夫人没有向他提出任何问题，就好像认为他来到古堡是很自然的事。他们在园中散步，女主人指给他看花木和悦目的活水。然后，他们回到古堡。他欣赏署名勒布朗的红衣主教富热尔-朱斯加姆的肖像、欧比松挂毯、盔甲以及家族各种纪念物品，其中有一封路易十四致德·富热尔-朱斯加姆公爵的亲笔信。他让侯爵夫人的魅力给迷住了。她那优美动听的声音，掩盖不住乡野的粗犷氛围。他已经驯服，喃喃自语：

"法国贵族的一个狠心小姑娘，从童年起就骑马，敢于打死猫，抠兔子的眼珠，那种魄力和魅力……"

他们在烛光下，用罢热拉尔侍候的晚餐，又到客厅巨型壁炉前闲聊。侯爵夫人向他讲述她本人、她的祖先、叔伯兄弟……富热尔-朱斯加姆家族的情况，他很快就了如指掌了。

*

我在房间里，抚摩着挂在左面墙上的一幅画，克劳德·洛兰的《阿莉艾诺·德·阿基坦上船去东方》。继而，我又欣赏华托的《悲伤的阿尔干》。我怕踩脏了萨沃纳里地毯厂制作的地毯，就绕着走路。我真没资格住仙府一般的房间。既配不上挂在壁炉上的这把侍从短剑，也配不上床左侧的菲利普·尚帕涅这幅画，以及路易十四由德·拉瓦利埃尔小姐陪伴光顾的这张床铺。我站在窗口，望见一位女骑手策马跑过庭院。那正是侯爵夫人，每天五点钟，她都要骑上爱驹巴雅尔出去。她拐过一处弯道不见了。再也没有什么声音打破这寂静。于是，我决定着手写一种小说体的传记。有关她的家族，侯爵夫人好意对我讲的情况，我全记录下来，用以撰写我这部作品的第一部分：《在富热尔-朱斯加姆家这边》①，或者《谢赫拉扎德披阅的圣西门回忆录和几位犹太教法典研究者》。我的犹太童年时期，住在巴黎孔蒂码头大街，伊芙琳小姐就给读过《一千零一夜》和圣西门的《回忆录》。读完，她就熄灯，给我的房门留条缝儿，好让我听着莫扎特的《G大调小夜曲》进入梦乡。谢赫拉扎德和圣西门公爵趁我昏昏欲睡的状态，就玩起了幻灯。我看到于尔森公主的丈夫死后，嫁给意大利的一位公爵，她的沙龙成为在意大利的法国势力中心。后来去西班牙，陪伴王后，影响西班牙朝政。走进阿里巴巴的岩洞，看到德·拉瓦利埃尔小姐和阿拉丁结婚，看到哈里发阿鲁安·阿尔拉奇德劫持了苏比兹夫人。东方的奢华再加上凡尔赛的排场，构成一个梦幻世界，我尽量活灵活现搬进我的作品里。

　　天色黑下来，富热尔-朱斯加姆侯爵夫人骑马经过我的窗下。那是仙女梅吕茜娜。那是金发美人。打从英国

①　这个标题模仿普鲁斯特的《追寻逝去的时光》第一卷标题《在斯万家这边》。

保姆给我读故事那时候起，对我来说什么也没有改变。我又看了一遍我房间的图画。伊芙琳经常带我去卢浮宫。只需过了塞纳河。克劳德·洛兰、菲利普·德·尚帕涅、华托、德拉克洛瓦、柯罗，点染了我的童年。莫扎特和海顿给我的摇篮伴奏。谢赫拉扎德和圣西门娱乐我的童年。非同一般的童年，美妙的童年，我必须讲述。我马上开始写《在富热尔-朱斯加姆家这边》。在印有侯爵夫人纹章图案的仿羊皮纸上，我写出有力的小字：

"富热尔-朱斯加姆这地方，就如同一部小说的背景，是一种臆想的景象，越渴望发现则越难发现，我只有一个大致的轮廓，嵌在实存的土地和道路中间，突然呈现出纹章上的特点……"

热拉尔敲门，告诉我晚餐做好了。

*

这天晚上，他们没有像往常那样，饭后没有坐到壁炉前聊天。侯爵夫人带他走进一大间起居室。靠近她卧室的这间屋，镶着蓝色的壁衣，一架枝形烛台发着朦胧的光。地下放着一些红色靠垫。墙上挂着几幅淫秽的版画，是小莫罗、吉拉尔、比奈的作品；还有一幅朴实的绘画，署名看似雅散特·里戈画的阿莉艾诺·德·阿基坦正要投入萨拉逊人的首领——撒拉丁的怀抱。

房门开了，侯爵夫人走进来，她身穿一件薄纱衣裙，里面乳房自由颤动。

"您肯定叫什勒米洛维奇吧？"她用街头女郎的声调问他，令他深感意外，"是在布洛涅比扬库尔出生的吧？我是在您的国籍身份证上看到的！犹太人吗？我特别喜欢！我的曾叔祖，帕拉迈德·德·朱斯加姆，讲犹太人的坏话，但是很欣赏马塞尔·普鲁斯特！富热尔-朱斯加姆家族的人，至少女人，没有任何成见仇恨东方人。我的先祖阿莉艾诺王后，趁第二次十字军东征之机，就跑去追求那个萨拉丁，而倒霉的路易七世那边，还被挡在大马士革城外！我还有一位祖先，朱斯加姆侯爵夫人，大约一七二〇年，看上了土耳其大使的儿子！对了，我发现您整理了一整套'富热尔-朱斯加姆家族'材料！多谢您对我们的家族这么感兴趣！我甚至读到这句美妙的话：'富热尔-朱斯加姆这地方，就如同一部小说的背景，是一种臆想的景象……'什勒米洛维奇，您要以马塞尔·普鲁斯特自居吗？这非常严重！您总不至于浪费青春，整天抄袭《追寻逝去的时光》吧？我这就把话跟您说明白，我可不是您童年的仙女！不是林中的睡美人！也不是盖尔芒特公爵夫人！花之女子！您白耽误工夫！您何必垂涎我的贵族爵衔，莫不如把我当成伦巴第街头妓女来对待！我的盛开小花的蓝色田野！维尔阿杜安、弗鲁瓦萨尔、圣西门，以及许多别人！时尚青年！高雅犹太人！够了，别再战战兢兢，卑躬屈膝！您这张小白脸，已经把我撩拨起来！让我神魂颠倒！一个出色的小流氓！色情老板！宝贝！傻帽！你真的以为富热尔-朱斯加姆是'一部小说的背景，是一种臆想的景象'吗？一座妓院，明白吗？这座城堡始终是一家豪华妓院！德国占领时期生意特别火！先父夏尔·德·富热尔-朱斯加姆，就给通敌合作的法国知识分子拉皮条。阿尔诺·布勒凯的雕像，有空军的年轻飞行员、党卫队员、希特勒青年团员，竭尽全力来满足这些先生的口味！家父早就明白，性别往往决定政治观点。现在，咱们来谈谈您吧，什勒米洛维奇！不要耽误时间了！您是犹太人吧？我猜想：您一定乐意强奸一位法国王后。我呢，在阁楼上有各式各样的服装！我的天使，你愿意我化装成奥地利的安娜吗？化装成卡斯蒂利亚的布朗什？还是玛丽·莱辛斯卡？再不然，你还是喜欢亲吻萨瓦的阿黛拉伊德吧？普罗旺斯的玛格丽特吧？雅娜·德·阿尔伯雷吧？你就挑吧！我可以装扮成千百种模样儿！今天晚上，法兰西的所有王后，全是你的婊子！……"

*

接下来的一周，真是一首田园诗：侯爵夫人不断地换装，以便唤醒他的欲望。除了法兰西那些王后，他还强奸了舍夫勒兹夫人、贝里公爵夫人、埃翁骑士、博须埃、圣路易、巴雅尔、杜盖斯兰、贞德、图卢兹伯爵和布朗瑞将军。

余下的时间，他就尽量同热拉尔混熟了。

"我的司机在这一带名气很大，"韦罗妮克向他透露，"流氓无赖给他起绰号叫殡仪馆，或者盖世太保热拉尔。热拉尔属于洛里斯通街的秘密警察帮。他是家父生前的秘书，也是家父该下地狱的灵魂……"

他的父亲，也认识盖世太保热拉尔。他们在波尔多逗留时，也曾提起热拉尔。一九四二年七月十六日，热拉尔将老什勒米洛维奇弄上一辆黑色轿车："去洛里斯通街验验身份，再去德朗西兜一小圈儿，你看怎么样？"小什勒米洛维奇已经忘记，老什勒米洛维奇是靠了什么奇迹，得以从这家伙手中逃脱。

＊

一天夜里，你离开侯爵夫人，撞见热拉尔正俯在台阶的护栏上。

"您喜爱月光吗？喜爱清幽而惆怅的月光？还挺浪漫的，热拉尔？"

你没有给他工夫回答，会立刻掐住他的喉咙。颈椎格格的轻微响了几声。你有一种低级趣味，就是残害尸体，要用最高级的吉列刀片割下他耳朵，再割下他的眼皮。然后，你又抠出他的眼珠。只剩下打掉他的牙齿了。用皮鞋跟踢三下就足够了。

你在埋掉热拉尔之前，还想过把他制成标本，寄给你可怜的父亲，可是想不起来纽约什勒米洛维奇公司的地址了。

＊

一场场爱情都非常短暂。侯爵夫人打扮成阿莉艾诺·德·阿基坦，要以身相许，我们正谈情说爱，忽然会被一辆汽车响声打断，会传来吱吱的刹车声。我会惊讶地听到茨冈音乐。客厅的门会猛然打开，出现一个头缠红巾的男子。尽管那样一副走江湖的魔术师打扮，我还是能认出来者正是夏尔·列维-旺多姆子爵。

他身后会跟着三名拉提琴的人，演奏恰尔达什舞曲第二部分。穆卢和莫斯塔法则要殿后。

"出什么事了，什勒米洛维奇？"子爵会问我，"一连好几天，我们也没有收到您的音信！"

他要向穆卢和莫斯塔法打个手势。

"将这女人带到比伊克去，把她看紧点儿。实在抱歉，夫人，没打声招呼就来了，我们的确耽误不得时间了！您想想看，人家在贝鲁特等了您一个星期了！"

穆卢重复地抡几个耳光，就会打消任何反抗的意愿。莫斯塔法还要给我女伴的嘴塞上布团，将她捆住。

"这件事已经十拿九稳了！"列维-旺多姆要感叹一声，而这工夫，几个打手就会将韦罗妮克带走。

子爵还会正一正他的单片眼镜：

"您的使命以失败告终。我原想您会把侯爵夫人带到巴黎交给我，可是，我不得不亲自跑到富热尔-朱斯加姆家来。我解雇您了，什勒米洛维奇！现在，谈谈别的事儿吧。今天晚上，连载小说就打住吧。我建议您由我们的乐师陪同，参观一下这座美丽的宅院。我们是富热尔-朱斯加姆新领主了。侯爵夫人会把她全部财产赠给我们。不情愿就强迫！"

我眼前又浮现这个奇特的人物：他缠着包头巾，戴着单片眼镜，手上擎着枝形烛台，巡视城堡，而几位提琴手还在演奏茨冈乐曲。他久久端详富热尔-朱斯加姆红衣主教的肖像，抚摩一副盔甲，这是家族的先祖儒尔丹，阿莉艾诺·德·阿基坦的私生子的盔甲。我指给子爵看我的房间，华托、克劳德·洛兰、菲利普·德·尚帕涅的绘画，以及路易十四和拉瓦利埃尔小姐睡过的床铺。他看了我在印有纹章的侯爵夫人信笺上写的短短一句话："富热尔-朱斯加姆这地方……"他样子凶凶地注视我。这工夫，几位乐师则演奏《维珍列德》——犹太人的一支摇篮曲。

"毫无疑问，什勒米洛维奇，您滞留在富热尔-朱斯加姆，事情却没有办成！古老法国的香气把您熏迷糊了。什么时候洗礼呀？百分之百的法国人身份？我必须终止您这种愚蠢的梦想。您读读《塔木德》(犹太教法典)，不要去查阅十字军东征的历史，也别再垂涎纹章学大全……请相信我，大卫之星胜过所有带绿色图案的人字形条纹，胜过那种双狮行走的侧影图形、那种有三朵金百合的天蓝色盾形纹章。莫非您心血来潮，要以夏尔·斯万自居吗？您还要申请成为赛马的骑师……您要跻身圣日耳曼大街吗？就连夏尔·斯万，您明白吗？那些公爵的红人、优雅风格的评判员、盖尔芒特家族的宠儿，他本人到了晚年，还念念不忘自己的出身。可以吗？什勒米洛维奇？"

子爵示意几位提琴师停止演奏，操着洪钟般声音说道：

"况且，也许在死之将至的那些日子，种族在他身上更加凸显了族群的典型相貌，同时也凸显了同其他犹太人息息相通之感：这种关联，斯万整个一生似乎都置于脑后了，可是，致命的疾病、德雷福斯案件、反犹宣传等等，都相互连接起来，终于唤醒了……"

"什勒米洛维奇啊，一个人到头来，总要找到自己的人！即使在迷途中滞留了多少年！"

他又像念经似的说道：

"犹太人就是上帝的实体，而非犹太人不过是畜生的种类，创造出来，就是为了日夜侍候犹太人的。我们命令下去，凡是犹太人，每天要诅咒三遍基督教人民，祈求上帝把他们连同他们的国王和王公统统消灭。一个犹太男人强奸或者腐蚀一名非犹太人女子，甚至杀了她，也不应该判罪，因为他仅仅残害了一匹骒马。"

他摘下包头巾，正了正弯得出奇的假鼻子。

"您从来没有看见，我扮演那个名叫苏斯的犹太人吧？您想象一下，什勒米洛维奇！我刚刚杀了侯爵夫人，喝她的血，如同任何自重的吸血鬼那样。阿莉艾诺·德·阿基坦和英勇骑士的血！现在，我展开秃鹫的翅膀。我露出凶相，要装腔作势。乐师，请演奏最疯狂的恰尔达什舞曲！瞧瞧我的手，什勒米洛维奇！我这猛禽的爪！再强烈一些，乐师，再强烈一些！我这恶毒的目光投向华托的画、菲利普·德·尚帕涅的画，我这利爪要撕毁萨沃纳里厂制作的壁毯！将大师们的绘画撕成碎片！等一会儿，我要跑遍整个城堡，同时发出吓人的尖叫！我要撞翻十字军将领穿过的盔甲！我发够了疯之后，就卖掉这座古堡！最好卖给南美洲的一个巨头！譬如说，鸟粪国王！有了这笔钱，我就给自己买六十双轻便鳄鱼皮鞋、几身翠绿色的毛料服装、三件豹皮大衣、几件橘黄色轧花衬衣！我要包养三十个情妇！也门女郎、埃塞俄比亚女郎、切尔克斯女郎！您说怎么样，什勒米洛维奇？您不必惊慌，小伙子。这一切掩饰着一种巨大的温情主义。"

冷场了好大一会儿。列维-旺多姆示意我跟随他。我们登上城堡的台阶时，他喃喃说道：

"请您让我独自一个人吧。您立刻动身！旅行能培养青年。去东方，什勒米洛维奇，去东方！去寻根：维也纳、君士坦丁堡，以及约旦河畔。我会稍微陪陪您！您逃离吧！尽快离开法国。这个国家害了您！您在这里扎了根。不要忘记，我们组成伊斯兰的苦行者和先知的国际。不要担心，您还会见到我一次！君士坦丁堡那里需要我，以便逐渐停止循环！季节要渐渐改变，首先是春天，接着是夏天。天文学家和气象学家都一点也弄不清楚，请相信我这话，什勒米洛维奇！本世纪末，我就会从欧洲消失，前往喜马拉雅山区。从现在起八十五年间，一天不多一天不少，大家还会看到我这样子，梳着鬈发，蓄犹太教博士的胡子。再见，我爱您。"

四

维也纳。最后几辆有轨电车，在夜色中悄悄行驶。玛丽亚伊尔菲-斯特拉斯，我们感到恐惧占据我们的心。再走几步，我们就又要到协和广场。乘地铁，一连串令人放心的车站：杜伊勒里公园、王宫、卢浮宫、夏特莱。我们的母亲，在孔蒂滨河街等候我们。我们会喝一杯薄荷茶，望着河中客轮投到我们房间墙壁的影子。我们从来没有像现在这样爱巴黎，爱法兰西。一月份的一天夜晚，我们的表兄，这位犹太画家，摇摇晃晃地走在蒙帕纳斯街区这边，在气息奄奄中喃喃说道："卡拉，卡拉，意大利。"他偶然生在意大利的里窝那城，本来也可以生在巴黎、伦敦、华沙，随便什么地方。我们是在塞纳河畔布洛涅出生的，属于法兰西岛省。离这里很远，杜伊勒里公园。王宫。卢浮宫。夏特莱。美妙的拉法耶特夫人。绍德洛斯·德·拉克洛斯[①]。邦雅曼·德·贡斯唐[②]。这位难得的斯丹达尔。命运曾经恶搞了我们一下。我们再难见到我们的国家了。在玛丽雅伊尔菲-斯特拉斯、维也纳、奥地利，总像丧家犬一样饿死。谁也保护不了我们。我们的母亲不是死了，就是疯了。我们也不知道我们的父亲在纽约的住址。同样，莫里斯·萨克斯的地址、阿德里安·德比戈尔的地址，也都一概不甚了了。至于夏尔·列维-旺多姆，给我们留下的那种好印象，就没有必要再去回想了。达尼娅·阿西塞夫斯基，因为听从了我们的建议送了命。德·埃萨尔也死了。洛依佳想必逐渐习惯了异国的妓院生活。穿越我们生活的那一张张面孔，我们不会费力去紧紧抱住，搂住不放，去爱他们。再小的举动，都无能为力了。

我们到了布尔加坦，坐到一张长凳上，忽然听见木制假肢踏地面的声响。一个汉子朝我们走来，一个有残疾的大汉……他的双眼闪着磷光，而他那一缕头发和小胡子，也在黑暗中发亮。他咧着嘴的笑态令我们心跳。他伸着左臂，臂膀终端是一副铁钩。我们猜得不错，在维也纳曾遇见过他。命运的安排。他身穿奥地利下士军装，让我

---

① 绍德洛斯·德·拉克洛斯（1741—1803），法国作家，著有小说《危险的关系》。
② 邦雅曼·德·贡斯唐（1767—1830），法国作家，著有小说《阿道尔夫》。

们越发害怕了。他吼叫着，威胁我们："六百万犹太人！六百万犹太人！"他哈哈大笑，笑声直透我们的胸膛。他企图用铁钩剜我们的眼睛。我们慌忙逃跑。他边追赶边重复："六百万犹太人！六百万犹太人！"我们跑了很久，穿过一座死城，一座伊斯城。霍夫堡、金斯基宫、洛布科维茨宫、帕拉维西尼宫、波西亚宫、维切克宫……铁钩上尉还在我们后面追赶，他扯破嗓门唱着《希特勒民众》，用木制假肢敲打着铺石路面。我们似乎是这城中惟一的居民。我们的敌人杀了我们之后，就可能像幽灵一样，在这些空空如也的街道上游荡，一直到时间终了。

　　格拉本街道的灯光照亮我的思想。三名美国游客说服我相信，希特勒死了很久了。我拉开几米距离跟随他们。他们踏上多罗特阿–加斯大街，走进头一家咖啡馆。我坐到餐厅的里端，身无分文，对伙计说我在等人。他微笑着给我拿来一份报纸。我看报才知道，昨天夜里，阿尔贝特·施佩尔和巴勒杜尔·冯·希拉赫从斯潘多监狱出来，乘坐黑色梅赛德斯轿车走了。希拉赫在柏林希尔顿饭店召开新闻发布会，他明确表示："很遗憾让大家等了这么久。"他在照片上穿一件套领线衫，无疑是开司米的。苏格兰制造。绅士。从前纳粹德国时期，维也纳的区长。五万犹太人遭残害。

*

　　一位棕褐色头发的女子，手掌托着下颏儿。我心想她神态如此忧伤，独自待在这些喝啤酒的顾客中间干什么。毫无疑问，她属于我所优选的人种：这类人面部线条很突出，但是很脆弱，看得出来饱受苦难。如果不是拉斐尔·什勒米洛维奇，换了另一个人，他一定会拉住这些弱者，恳求他们恢复生活的信心。而我呢，我总是杀掉我爱的人。因此，我所选择的人都特荏弱，毫无自卫能力。譬如说，我就是惹我母亲忧伤致死——她表现出了异乎寻常的驯顺。她哀求我治好肺结核。我却冷冷地对她说："肺结核，这病就治不了，潜伏在这里，必须养着它，就像包养一名舞蹈女演员。"母亲垂下脑袋。后来，达尼娅请求我保护她。我却递给她一个吉列牌特种钢刮胡刀片。不管怎样，我那是迎合她的渴望：陪伴一个肥胖的大活人，她会感到非常无聊的。就在那胖人向她炫耀春天大自然的魅力时，她却偷偷地自杀了。至于德·埃萨尔，我的兄弟，我的惟一朋友，不正是我破坏了他的刹车，让他在极安全的情况下出车祸丧命的吗？

　　那年轻女子以惊奇的目光打量我。我想起列维-旺多姆讲过的话：用溜门撬锁的方式闯入人们的生活。我坐到她的餐桌旁。她嘴角浮现一丝微笑，那忧伤的神态令我心喜。我当即决定要信赖她。何况她有一头棕褐色头发。金黄色肌肤，粉红色脸颊，瓷器一般的眼睛，这些都触动我的神经。浑身上下都显示健康和幸福，大大吊起我的胃口。我的方式的种族主义。大家会谅解一个患肺结核的犹太人有这种成见。

"您来不来？"她问我。

她的声调十分亲热，我不由得心下决定，写一部出色的小说：《什勒米洛维奇在女人国》，要题赠给她。我要在书中追述一个犹太人处于困难，如何到女人家中避难。没有女人，就没法儿活在这世上。男人嘛，过于严肃了。过于耽于他们美好的空想、他们的志向：政治、艺术、纺织工业。必须先赢得他们的敬重，才能获得他们的帮助。他们做不出一件无私的举动。理性。哭丧面孔。吝啬。自命不凡。眼看我饿死，男人也不会救助。

*

我们离开多罗特阿-加斯大街。从这一时刻起，我的记忆就模糊了。我们沿格拉本街走去，又往左拐，走进一家比前面那家大得多的咖啡馆。我喝酒，吃饭，身体又有了气力，而伊尔达——这是她的名字，就以爱怜的目光看着我。我们四周每张餐桌，都围坐着好几个女人。都是妓女。伊尔达也是个妓女。她刚刚发现，拉斐尔·什勒米洛维奇适合做她的淫媒。将来，我叫她玛丽姿比勒：阿波利奈尔提起那个"当权杆的棕发犹太人"，当时就想到我了。我是这里的老板：给我端上烧酒来的伙计，长得像列维-旺多姆。德国士兵到我这场所寻求安慰，然后再重新开赴俄国前线。有几次，海德里希^①还亲自来拜访我。他偏爱达尼娅、洛依佳和伊尔达，我的几位最漂亮的姑娘。他在犹太姑娘达尼娅身上翻滚的时候，丝毫也没有厌恶之感。不管怎么说，海德里希也算是半个犹太人。希特勒睁只眼闭只眼，不管他副手的情欲。同样，他们也放过了我，拉斐尔·什勒米洛维奇，第三帝国最大的淫媒。我的这些女人为我组成了城墙。多亏了她们，我才不会去尝奥斯维辛集中营的滋味。万一维也纳的区长改变了对我的态度，那么达尼娅、洛依佳和伊尔达用一天工夫，就能凑齐我的赎金。我想五十万马克就足够了，鉴于一个犹太人的命还不值绞死他的绳索钱。盖世太保会闭上眼睛装作看不见，任

---

① 海德里希（1904—1942），党卫军头子，希姆莱副手。

凭我逃往南美洲。没必要考虑这种可能性：多亏了达尼娅、洛依佳和伊尔达，我对海德里希具有很大影响力。她们会从他手里拿到他和希姆莱共同签署的一份文件，证明我是第三帝国的荣誉公民。不可或缺的犹太人。只要女人保护您，一切都迎刃而解。从一九三五年起，我成了爱娃·布劳恩的情夫。希特勒首相总把她一个人丢在贝希特斯加登。我立刻想到，我可以从这种局面大捞好处。

我是在伯格霍夫别墅周围转悠时，头一次碰见爱娃。彼此一见钟情。希特勒每月来一次上萨尔兹堡。我们相处得很好。他诚心诚意接受，我在爱娃身边充当骑士的角色。这一切在他看来无足挂齿……晚间，他向我们谈论他的计划。我们就像两个孩子似的听他讲。他任命我为党卫军成员，首相荣誉卫士。我一定得找到爱娃·布劳恩的那张照片，她在上面写了："赠给我的犹太青年，我的情人什勒米洛维奇。——你的爱娃"

伊尔达抬手轻轻按在我的肩膀上。时间晚了，顾客都离开了咖啡馆。伙计在柜台上看《明星报》。伊尔达站起身，往自动电唱机投币口投了一枚硬币，查拉·利恩德的声音立刻响起来，宛如一条沙沙的缓慢河流，抚慰着摇晃我。她唱《我站在雨中等待》。她又唱《爱的开始总有红玫瑰》。爱情的结局也往往有吉列牌特种钢刮胡刀片。伙计请求我们离开咖啡馆。我们来到一条凄清的林荫路。我在什么地方？维也纳？日内瓦？巴黎？这位挽着我手臂的女人名叫达尼娅、洛依佳、伊尔达，还是爱娃·布劳恩？后来，我们到了一座广场中央，对面矗立着明亮的教堂。是圣心教堂吗？我颓然坐到水力升降机的长凳上。有人开了门，一大间白墙的屋。一张有天盖的床铺。我进入梦乡。

*

第二天，我结识了伊尔达，我的新女友。尽管她黑头发，娇小的脸蛋儿，她还是个雅利安姑娘，半个德国人和半个奥地利人。她从手包里掏出好几张父母的照片。两个人都不在世了。父亲在柏林死于轰炸中，母亲被哥萨克骑兵劈开了肚肠。真遗憾早先没有认识莫祖什拉格，这个古板的党卫军队员，也许能成为我的岳父，他的结婚照我很喜欢：莫祖什拉格和他年轻的妻子都戴着纳粹卐字袖标。另一张照片我特别喜欢：莫祖什拉格在布鲁塞尔，以他整齐的军装和扬起不屑的下颏儿，要吸引看热闹的人注意力。这家伙可不是等闲之辈：他是鲁道尔夫·赫斯和戈培尔的同学，还跟希姆莱称兄道弟。希特勒也曾亲口表示，要授予他十字勋章："斯科泽尼和莫祖什拉格绝不会让我失望。"

为什么在三十年代，我没有遇见伊尔达呢？莫祖什拉格太太在给他准备克诺代尔糕点。她丈夫亲热地拍拍我的脸蛋，对我说道：

"您是犹太人？我的孩子，这事儿我们来解决！娶我女儿吧！余下的事儿包在我身上！忠实的亨利希会表示理解的。"

我向他表示感谢，但是我无需他的帮助：作为爱娃·布劳恩的情人、希特勒的心腹，我早就是第三帝国官方承认的犹太人了。直到最后，我的周末都在奥伯萨尔兹堡度过，那些纳粹要员都会对我表示极大的尊敬。

*

伊尔达的房间在一座老私人公馆，贝克-斯特拉斯的顶层，其特点是面积很大，天棚很高，床铺有天盖，以及镶了玻璃的窗洞，屋子中央吊着一只鸟笼，养了一只犹太夜莺。靠里端左侧安放一匹木马。几个巨大的万花筒散放在各处，上面贴有标牌："纽约，什勒米洛维奇公司制造"。

"肯定是个犹太人，"伊尔达对我讲心里话，"无所谓，他毕竟制造了出色的万花筒。万花筒我喜欢得要命。您往里瞧瞧这只，拉斐尔！一张人脸，由上千发光的碎片组成，形状不断地变化……"

我本想告诉她，这些小杰作的制作者正是我父亲，可是，她讲犹太人的坏话，说犹太人借口家人在集中营被杀害，就要求赔偿金，他们将德国的钱财搜刮干净，开着梅赛德斯轿车到处跑，喝着香槟酒，而可怜的德国人却致力重建自己的国家，生活在贫困中。哼！这帮混蛋玩意儿！他们先是腐蚀了德国，后来又把德国变成大妓院。

犹太人赢得了战争，杀害她的父亲，强奸了她母亲，她死抱着这种念头不放。最好等些日子，再给她看看我的家谱。在那一时刻之前，我在她眼里还是法国人魅力的化身、醉醺醺的火枪手，体现着"巴黎制造"的放肆、优雅和机智。伊尔达不是夸我讲法语非常有韵味吗？

"我就从来没有听到一个法国人讲母语有您讲得这么好！"她一再这么说。

"我是都兰人，"我向她解释，"都兰人讲法语最纯正了。我名叫拉斐尔·德·希农堡，不过，您不要告诉任何人：我已经把护照吞到肚里，以便隐姓埋名。还有：作为一个地道的法国人，我觉得奥地利菜肴太—臭—了！我想念橙子炖鸭、圣乔治夜红葡萄酒、索泰尔纳白葡萄酒、布雷斯地区的小肥鸡！伊尔达呀，我一定要带您去法国，问题在于，您要稍微变得文明点儿！伊尔达，法兰西万岁！你们全是野蛮人！"

她力图让我忘记奥地利日耳曼的粗鲁；向我谈起莫扎特、舒伯特、雨果·冯·霍夫曼斯塔尔。

"霍夫曼斯塔尔？"我接口说道，"那是个犹太人，我的小伊尔达！奥地利是犹太殖民地。弗洛伊德、茨威格、施尼茨勒、霍夫曼斯塔尔，全是犹太人！"

"我看您就未必能给我举出蒂罗尔地区大诗人的名字！在法国，我们决不允许遭到这样的入侵。蒙田、普鲁斯特、路易-费迪南·塞利纳，他们就是有心将我们的国家犹太化也不可能得逞。我们还有龙沙和杜贝莱，他们常备不懈！再说了，我的小伊尔达，我们法国人，根本不区分德国人、奥地利人、捷克人、匈牙利人和其他犹太人。尤其不要对我提起您那位爸爸，莫祖什拉格，党卫军分子，也不要提起那些纳粹。那全是犹太人，我的小伊尔达，纳粹分子就是组成冲锋队的犹太人！想一想希特勒吧，这个可怜的小下士，战败了，在维也纳街头流浪，浑身瑟瑟发抖，快要饿死了！希特勒万岁！"

伊尔达听我讲，眼睛睁得老大。用不了多久，我就要告诉她其他更为残酷的事实。我要向她透露我的真实身份。我还要挑选好时机，对着她耳朵轻声吟诵，那位陌生的骑士向宗教裁判所大法官之女的表白：

> 谢诺拉，我呀，您的情人，
> 家父唐·伊萨克以色列子孙，
> 萨拉戈萨犹太教大博士，
> 非常博学而享有盛名。

伊尔达肯定没有读过海涅的这首诗。

*

夜晚，我们经常去普拉特，嘉年华给我留下强烈的印象。

"您瞧吧，伊尔达，"我向她解释道，"嘉年华悲惨极了。譬如说迷人的河流：您同几个伙伴登上一条小船，顺流而下，到达的时候，您的后颈就挨了一颗枪子儿。那里也有镜子长廊、高低起伏的滑车道、旋转木马、射箭。您对着变形镜子，脸颊没肉了，胸部只剩下骨骼，会把您吓个半死。滑车道的吊斗不断脱离轨道，您的脊椎骨非折断不可。旋转木马四周，围了一圈弓箭手，他们射出带毒的小箭，有的会射进您的脊梁骨。木马不停地旋转，时而也会让残尸断肢给卡住。于是，弓箭手就清场，给新来的人腾地方。有人请看热闹的人三五一群，聚在打靶场里。弓箭手应当瞄准靶子，但是放出的箭有时也失准，射中一只耳朵、一只眼睛，或者一张微开的口。弓箭手射中靶子，就得五分，箭射偏了就减五分。总分最高的弓箭手，就由一位金发的波美拉尼亚女孩授予银纸做的勋章，戴上巧克力做的骷髅头。我还忘了告诉您，糖果店里卖摸彩的彩袋：购买者总能从彩袋里摸出氰化蓝水晶饰物，带有说明书：'大胆吃吧！'氰化物的彩袋，面向所有人！六百万！我们在特伦西安斯塔得很快活……"

在普拉特旁边，有一座大公园，是情侣散步的场所。傍晚时分，我拉着伊尔达，来到繁枝茂叶之下，近前大片大片鲜花、蓝莹莹的草坪。我一连扇了她三个大耳光。瞧见她嘴唇连合部位流出鲜血。我很高兴。实在高兴啊。一位德国姑娘。曾经爱过一名党卫军青年，托坦科夫。我这个人相当记仇。

现在，我不由得滑向倾诉的斜坡。我在上文已经明确表示，我并不像格列高里·派克。我没有那个美国人的体魄，也不像他那样"总是微笑"。我像我的表兄，犹太画家莫迪里阿尼。有人称他"托斯卡纳的基督"。有谁要影射我这肺结核患者的漂亮面孔，我就禁止他使用这个绰号。

说起来，我不像格列高里·派克，同样不像莫迪里阿尼。我酷似格劳乔·马克斯：眼睛一样，鼻子一样，胡子也一样。更为糟糕的，我是犹太人苏斯的孪生兄弟。不惜一切代价，也得让伊尔达觉察到。这一周以来，她对我狠不起来。

*

在她的房间，播放着《霍斯特·威塞尔之歌》和《希特勒战士》的录音，她保存这些歌曲是为了纪念她父亲。斯大林格勒的秃鹫和汉堡的磷光，将要啮噬这些战士的声带。每个人都会轮到。我弄到了这两张唱片。为了谱写我的《犹太纳粹安魂曲》，我同时播放国际纵队的《霍斯特·威塞尔之歌》和《统一战线》。然后，我再掺进《希特勒战士》，即犹太人和德国共产党人的最后呼声，那个塔尔曼·科隆的颂歌。接着，在《安魂曲》结尾，用瓦格纳的《诸神的黄昏》来追思烈火中的柏林，以及德国人民的悲惨命运，同时为奥斯维辛集中营死者的连祷，则提示押运去六百万条狗的警察局待领场。

*

伊尔达不工作，她的收入来源令我不安。她向我解释说，她卖掉了一位去世的姨妈在比德迈耶的房产，拿到两万先令，现在花剩下四分之一了。

我对她谈了我的担心。

"您就放心吧，拉斐尔。"她对我说道。

她每天晚上都去萨舍饭店的蓝酒吧，瞄准最阔气的顾客，向他们兜售她的魅力。三周下来，我们就有了一千五百美元。伊尔达喜欢上了这项活动，发现这其中的纪律和严肃认真的精神，这正是她身上一向缺乏的。

她自然就认识雅思敏。这个年轻女子也总光顾萨舍饭店，向美国过客推荐她的黑眼睛、暗红的肌肤、东方女子的忧郁之态。

她们先是交换了各自活动的想法，随即就成为莫逆之交。雅思敏就住到贝克-斯特拉斯来，有华盖的大床足能睡下三个人。

组成土耳其后宫的这两个女人，这两个温柔可爱的妓女，雅思敏很快最受宠爱了。她跟你谈她的出生地伊斯坦布尔、那座加拉太塔，以及瓦利底清真寺。你会产生强烈的渴望，前往博斯普鲁斯海峡。维也纳已经入冬了，你挺不过这个冬季。一开始下雪，你就更紧抱着你这土耳其女友的身子。你离开维也纳，去意大利，看望的里雅斯特城的表兄弟，纸牌制造商。然后，再到布达佩斯特拐个小弯儿。布达佩斯特没有表兄弟了。全被清除了。到了你的家族的摇篮，萨洛尼卡，您看到的是同样凄凉的景色：这座城市的犹太移民，也曾引起德国人的强烈兴趣。在伊斯坦布尔，你的表姐妹萨拉、拉舍尔、狄娜和布朗卡，一起庆贺浪子回来。你恢复了生活的乐趣，又爱吃阿拉伯香甜糕点了。开罗的那些表兄弟等你去，等得已经很焦急了。他们向你询问我们流亡到伦敦、巴黎和加拉加斯的表兄弟们的消息。

你在埃及逗留一段时间。你已身无分文，便在塞得港组织一场集市演出，让所有老伙伴都登台献艺。喜欢看热闹的人每人花二十第纳尔，就能观赏希特勒在笼子里朗诵《哈姆雷特》的独白，戈林和鲁道尔夫·赫斯表演高空杂技，还能观赏到希姆莱及其知识渊博的一群狗、耍蛇者戈培尔、吞刀者冯·希拉赫、流浪的犹太人朱利乌斯·施特赖谢尔于一九四六年十月他以违犯人道罪，被纽伦堡国际军事法庭判处绞刑。表演的节目。再往前走走，就是你的舞女们，"通敌合作的美人儿"，即兴表演一场"东方"活报剧：罗贝尔·布拉西拉希此段以下的历史人物，均是与德国合作的法奸。在剧中打扮成苏丹，德里厄·拉罗歇尔扮演舞女，阿贝尔·博纳尔扮演后宫老太婆看守，博尼和拉丰则扮演血腥的大臣，而马约尔·德·吕佩就扮演传教士。维希游乐园你那些歌舞演员演一出大型轻歌剧：观众注意到剧团里有一位元帅、海军上将埃斯特瓦、巴尔、普拉通，还有几位主教、达尔南下士、不忠的王爷拉瓦尔。然而，最吸引观众的棚子，还是你的旧情妇爱娃·布劳恩的脱衣舞。她还有美的地方。每人花上一百第纳尔，就能看个明白。

这样过了一周，你就丢下你这些可怜的幽灵，带走了票房收入。你横渡红海，抵达巴勒斯坦，已经精疲力竭，气息奄奄。你从而走完从巴黎到耶路撒冷的行程。

*

我的两个女友，一夜能赚三千先令。淫媒业这一行，如果做不到像那个"幸运者"卢西亚诺一样规模，我猛然感到不过是小打小闹的作坊。可惜我没有那位工业大亨的资质。

雅思敏介绍我认识几个不三不四的人：让法鲁克·德·梅罗德、保罗·阿雅卡瓦、年迈的男爵夫人莉狄娅·斯塔尔、索菲·克努特、拉齐德·冯·罗森海姆、M.伊戈尔、T.W.A.列维、奥托·达·西尔瓦，还有一些人，我忘记了姓名。全是些胆大妄为的人，我同他们一起走私黄金，让波兰币兹罗提假钞流入市场，卖给吸毒者印度大麻和美洲大麻。最后，我参加了法国的盖世太保，登记簿 S 册 1113 号，直属洛里斯通大街总部。

保安队令我大失所望。我在那里见到的全是些天真的小青年，他们酷似参加抵抗运动的那些勇敢小伙子。在这些误入歧途的青年中，达尔南是个理想人物。

同皮埃尔·博尼、亨利·尚贝兰-拉丰及其一伙人为伍，我倒觉得自在得多。后来，我在洛里斯通街又遇见我的道德老师，约瑟夫·约阿诺维西。

约阿诺维西和我，我们两个犹太人，成为盖世太保的杀手。第三个杀手在汉堡，名叫莫里斯·萨克斯。

*

什么都会厌烦。最终我还是离开了损害我健康的这个快活的走私帮。我沿着一条林荫路，一直走到多瑙河畔。

天色已经黑了，天空飘落着小雪。我要不要投河呢？弗兰茨-约瑟夫码头阒无一人，不知从何处传来歌声的片断：《白色圣诞》。哦，是了，大家在欢度圣诞节。伊芙琳小姐给我念狄更斯和安徒生的作品。次日早晨，能在圣诞树下发现无数玩具，多么令人惊喜啊！在塞纳河畔孔蒂滨河街的住宅，过圣诞节就是这种情景。无与伦比的童年，美妙的童年，我没有时间向您讲述了。圣诞之夜，一猛子扎进多瑙河里吗？心中不免感到遗憾，没有给伊尔达和雅思敏留下一句诀别的话。譬如可以这样写："今晚我不回来了，夜会很黑，又下着雪。"算了。心想这些妓女没有读过热拉尔·德·奈瓦尔的书，我可以聊以自慰。幸而巴黎那边的人，总要对比一下奈瓦尔和什勒米洛维奇，冬季的两个自杀者。我真是不可救药；另一个人的死亡，我也企图据为己有，就如同我想要占有普鲁斯特和塞利纳的笔、莫迪里阿尼和苏丁的画笔，要占有格劳乔·马克斯和卓别林的怪相。我的肺结核呢？难道我不是窃取卡夫卡的吗？我还可以改变主意，像卡夫卡那样，死在离这里很近的结核病疗养院。奈瓦尔式的还是卡夫卡式的？自杀还是死在疗养院？不行，自杀对我不合适，一个犹太人无权自杀。这种排场必须留给少年维特。那怎么办呢？到基尔林疗养院登记去吗？我就这么有把握，能像卡夫卡一样在那里与世长辞？

我没有听见他走到我跟前。他突然向我出示一个小牌，只见上面有"警察"的字样。他向我要证件。我忘记带在身上。他揪住我的胳膊。我问他为什么不给我扣上手铐。他让人放心地笑了笑：

"瞧您，先生，您喝醉了。当然是过圣诞节的缘故！好了，好了，我送您回家。您住在哪里啊？"

我执意不告诉他地址。

"那好吧，看来我只好把您带到警察局了。"

这名警察表面上那么客气，倒是让我很紧张。我推测他是盖世太保的人。为什么不干脆一点儿，向我亮明身份呢？也许他想象我会挣扎，会像一头挨宰的猪那样嚎叫吧？其实不然。基尔林疗养院还不如这个老实人要带我去的诊所。开头，要按常规办些手续：他们要问我姓氏、名字、出生日期。他们还要暗中测试，以便确认我真的有病。然后，就进手术室。我躺在手术台上，焦急地等待我的外科医生，托克马达和西梅奈斯两位教授。他们会给我做一次肺部透视，而我所看到的两叶肺，完全成了章鱼形状的可怖肿块。

"您愿意不愿意我们给您做手术？"托克马达教授会口气平静地问我。

"只需给您换上两叶钢肺就行了。"西梅奈斯还会热情地给我解释。

"我们有高度的敬业精神。"托克马达还会对我这样说道。

"何况，我们又极为关心您的健康状况。"西梅奈斯教授要继续说道。

"不幸的是，我们的大部分患者爱他们的疾病爱得要命，并不把我们看作外科医生……"

"而是看作行刑的打手。"

"患者对他们的医生的态度，往往不够公正。"西梅奈斯还要补充一句。

"我们不得不强行给他们治疗。"托克马达教授也要强调。

"费力不讨好的事啊。"西梅奈斯又附和一句。

"我们诊所的一些患者还创建了工会，您知道吧？"托克马达教授问我，"他们决定罢工，拒绝我们的治疗……"

"这对全体医务人员是一种严重的威胁，"西梅奈斯教授还要补充说，"尤为严重的是，工会主义的狂热已经蔓延到我们诊所的各个部门。"

"我们委托希姆莱教授把这场叛乱压下去。他是个一丝不苟的实践家，能按部就班，给所有工会分子实施安乐死。"

"您究竟做何决定，"托克马达教授问我，"动手术还是安乐死？"

"不可能有别种选择。"

*

事情的进展，并不像我预见的这样。那名警察一直揪住我的胳臂，声称要把我带到最近的派出所，只是为了验明我的身份。所长是个党卫军成员，但是很有教养，读过法国诗人的作品，他见我走进办公室，便问道：

"你来了，说说看，你是怎么打发自己的青春的？"

我向他说明我如何虚度了青春年华，接着，又谈起我的焦虑：在别人为各自前途奔忙的时候，我却只想着沉沦下去。譬如说，在德国占领时期，我那次在里昂火车站的情况吧。本来应该乘火车远避不安和战乱。旅客在售票口前排队，我等上半小时，也就能买到火车票了。然而我不等，没票就登上头等车厢，如同骗子一样。列车行驶到索恩河畔沙隆时，德国检票员进车厢查票，把我逮个正着。我伸出手腕，对他们说我用的是假证件，我是犹太人，名字不叫让·卡西·德·库德雷·马库亚尔。一吐为快啊！

"他们随即把我带到您的面前，警官先生。您来决定我的命运吧。我向您保证服服帖帖。"

警官蔼然地冲我微微一笑，拍了拍我的脸蛋，问我是否真的患了肺结核。

"对此我并不奇怪，"他明确对我说道，"在您这年龄，人人都得肺结核。无论如何要治好，否则一咯血，那可是一辈子的事了。我做出这样的决定：假如您生得早些，我就会把您送到奥斯维辛集中营，治疗您的肺结核。可是现在，我们生活的时代更加文明了。给您，这是一张去以色列的车票，犹太人到了那里似乎……"

*

大海犹如蓝墨水一般，而特拉维夫一片白，白到了极致。船靠岸时，他的心脏平稳地跳动，让他明显感到，阔别了两千年，他又踏上祖先的土地。他是在马赛港登上以色列国家海运公司一艘邮船的。在整个航程中，他尽量喝烈酒，打吗啡来麻醉自己，以便缓和惶恐的心理。现在，特拉维夫城就展现在眼前，他可以安详地死去了。

海军上将列维的话音将我从遐想中拉出来：

"对这个航程还满意吗，年轻人？您这是初次来以色列吗？您到了我们国家，一定会意气风发。您会看到，这是个令人惊叹的国家。像您这般年龄的青年，对这种惊人的活力不会无动于衷，而从海法到埃拉特，从特拉维夫到死海，无处不洋溢着这种活力。"

"这我毫不怀疑，上将先生。"

"您是法国人吗？我们十分喜爱法国、她的自由传统，十分喜爱安茹、都兰的温馨、普罗旺斯的芳香。你们的国家，多有气魄啊！'前进，祖国的孩子们！'真鼓舞人！真鼓舞人！"

"我不是纯粹的法国人，上将先生，我是法国犹太人，法国犹太人。"

列维海军上将以敌视的目光打量他。列维海军上将，长得像杜尼茨海军上将的兄弟。列维海军上将口气冷淡地对他说道：

"请您跟我走吧。"

海军上将让他进了一间封闭的舱室。

"我劝您还是老实一点儿。到时候就会有人管您了。"

海军上将关了电灯，锁上房门。

他在伸手不见五指的黑暗中待了将近三小时。只有他手表的微弱荧光，方能把他同人世连接起来。房门猛然打开，我的眼睛立刻被吊在棚顶的电灯晃花。身穿绿雨衣的三条汉子径直朝他走去。其中一人递给他一张名片：

"埃利亚·布洛克，国家秘密警察。您是法国犹太人？很好！给他铐上！"

第四个人是个哑角，身穿同样雨衣，他走进舱室。

"搜查大有收获。在这位先生的行李中，搜出好几卷普鲁斯特和卡夫卡的著作、几幅莫迪里阿尼和苏丁的绘画复制品、查理·卓别林、埃里克·冯·斯特罗海姆和格劳乔·马克斯的几张照片。"

"毋庸置疑，"那个名叫埃利亚·布洛克的人对他说道，"您的情况越来越严重了！把他押走！"

在他们推搡下，他走出舱室，觉得手腕有灼痛之感。上了岸，他的脚一踏空，便跌了一跤。一名警察就势照他肋骨踹了几脚，接着揪着手铐链将他拉起来。他们穿过空荡荡的码头。一辆囚车停靠在街口，类似一九四二年七月十六—十七日大搜捕时，法国警察所使用的囚车。埃利亚·布洛克坐到驾驶室副座上。他登上后座，紧随着三名警察。

囚车驶进香榭丽舍林荫路。电影院门前排着队。富凯咖啡馆露天座上，女士都穿着浅色衣裙。这是春天的一个星期六傍晚。

他们停在星形广场。几名美国大兵正在给凯旋门拍照，不过，他感到没有必要向他们呼救。布洛克揪住他的胳臂，穿过广场。四名警察拉开几米距离，跟在他们身后。

"这么说，您是法国犹太人了？"布洛克凑近他的脸，问了一句。

刹那间，他酷似法国盖世太保的亨利·尚贝兰-拉丰。

警察们推搡着，让他上了一辆停在克莱贝尔林荫路的前驱动黑色轿车。

"要好好收拾你一顿。"坐在他右侧的警察说道。

"一顿痛打，对不对，萨乌尔？"坐在他左侧警察问道。

"对，伊萨克。他要挨一顿痛打。"开车的警察说道。

"这活儿我包了。"

"不行，我来干！我需要活动活动筋骨。"坐在他右侧的警察说道。

"不行，伊萨克！轮到我了。昨天晚上，你拿那个英国犹太人大大开了心。这个属于我了。"

"他好像是个法国犹太人。"

"怪念头。那就叫他马塞尔·普鲁斯特好不好？"

伊萨克照他肚子猛击一拳。

"跪下，马塞尔！跪下！"

他要服从照办，怎奈车后座托住。伊萨克一连扇了他六个大耳光。

"你流血了，马塞尔，这就表明你还活着。"

萨乌尔举起一条皮带。

"你就戏弄吧，马塞尔·普鲁斯特。"伊萨伊对他说道。

他左面颊挨了一皮带，差一点给打昏了。

"可怜的乳臭小儿，"伊萨伊又对他说道，"可怜的法国犹太小子。"

他们经过马杰斯蒂克大厦，大厦的窗户都黑着灯。他想安慰自己，就在心里念叨，奥托·阿贝茨由所有通敌合作的快活家簇拥着，在大堂正等着他，要设一桌法德晚宴。说到底，难道他不是第三帝国官方承认的犹太人吗？

"我们带你参观一下这地方。"伊萨伊对他说道。

"这里有许多历史建筑物。"萨乌尔也对他说道。

"每次我们都停一下，好让你仔细观赏。"伊萨克对他说道。

他们指给他看由盖世太保征用的建筑：福熙林荫路31号乙和72号，拉纳大道57号，维尔朱斯特街48号，

亨利马尔丹林荫路 101 号，布洛涅树林公园广场 21 号和
23 号，阿斯托尔街 25 号，阿道尔夫伊翁街 6 号，苏舍大
道 64 号，养雉场街 49 号，消防街 180 号。

他们走完了这条旅游路线，又回到克莱贝尔布瓦西埃
尔分部。

"你觉得十六区怎么样？"伊萨伊问他。

"这是巴黎最臭名昭著的一个区了。"萨乌尔对他
说道。

"司机，"伊萨克说道，"劳驾，现在去洛里斯通街
93 号。"

他感到放心了。他的朋友博尼和尚贝兰-拉丰，肯定
会刹住这场恶作剧。他还会像每天晚上那样，同他们一
起喝香槟酒。勒内·洛奈，福熙林荫路的盖世太保头子；
"吕迪"·马尔丹，讷伊的盖世太保头子；乔治·戴尔法
纳，亨利-马尔丹林荫路的盖世太保头子，而奥迪沙里亚，
"格鲁吉亚"的盖世太保头子，他们都会去参加酒会。一
切都要恢复原来的秩序。

伊萨克去按洛里斯通街 93 号的门铃。这座房子似乎
被人遗弃了。

"老板大概在美国广场 3 号乙等我们，以便毒打抓来
的人。"伊萨伊说道。

布洛克在人行道上来回踱步。他打开3号乙的临街门，把他拉进去。

他很熟悉这座私人公馆。他的朋友博尼和尚贝兰-拉丰在这里开辟了八间牢房、两间刑讯室，洛里斯通街曾是共产党机关所在地。

他们登上五楼。布洛克打开一扇窗户。

"美国广场还很安静，"布洛克对他说道，"您瞧啊，年轻的朋友，路灯投到树叶上的光多柔和啊！这五月的夜色多么美好！真想不到，我们还得毒打您一顿！您想想看，还有浴缸刑！多么惨痛啊！来杯加苦橙皮的柑香酒，您好壮壮胆吗？还是来杯克拉旺烧酒？再不然，您大概想来点音乐吧？等一会儿，我们就会给您听一首夏尔·特雷奈的老歌。歌声能盖住您的喊叫。邻居也都是很讲究的人，他们肯定爱听特雷奈的歌喉，而不想听受刑者的惨叫。"

萨乌尔、伊萨克和伊萨伊进来了。他们没有脱下绿色雨衣。他突然瞧见屋子中央的浴缸。

"这原是爱米莲娜·达朗松的用品，"布洛克凄然一笑，对他说道，"我的年轻朋友，好好欣赏一下这搪瓷的品质。花卉图案！白金的水龙头！"

伊萨克将他的胳膊扭到身后，伊萨伊随即给他戴上

手铐。萨乌尔启动电唱机。他立刻听出夏尔·特雷奈的
声音：

> 美妙绝伦
>
> 我听见海上的风声，
>
> 美妙绝伦
>
> 我望见大雨、闪电，
>
> 美妙绝伦
>
> 我感到来势汹汹，
>
> 一场暴风雨
>
> 即将来临
>
> 美妙绝伦……

布洛克坐在窗台上，随歌声打着拍子。

他们把我的头按进冰冷的水中。我的肺随时都可能爆
裂。我深爱过的面孔，飞速在我眼前闪过。我母亲和父亲
的面孔。我那位文学老教师阿德里安·德比戈尔的面孔。
佩拉什神甫的面孔。阿拉维斯上校的面孔。接着，我那些
所有可爱的未婚妻面孔，每个省份都有一位：布列塔尼、
诺曼底、普瓦图、科雷兹、洛泽尔、萨瓦……甚至在利穆
赞。在贝拉克。假如这些野蛮人留下我一条活命，我就写

一部精彩的小说:《什勒米洛维奇和利穆赞》,描述我是个完全同化了的犹太人。

他们揪头发把我拉出水面。我又听见,夏尔·特雷奈的歌声:

　　……美妙绝伦,

　　真让人以为是看电影,

　　玛托影院

　　看了多少故事片,

　　当一朵玫瑰受戕害,

　　要用多少手段

　　多少变幻来表现……

"第二次浸水,时间还要长啊。"布洛克擦掉一滴眼泪,对我说道。

这一次,两只手按我的颈部,两只手按我的枕骨部位。快要窒息而死的当儿,我想到对妈妈并不总是很和气。

他们终于把我的头拉上来,我又能自由呼吸了。这时,特雷奈正唱道:

还有

还有

在码头

下雨

下雨

雨点嬉戏

在阳沟水洼中照镜子

雨也没有

让生活变得无来由……

"现在，咱们来干点正事吧。"布洛克说着，还压下去一下抽泣。

他们直接把我放倒在地上。伊萨克从兜里掏出一把瑞士小刀，在我的脚掌上深深划了几道口子。然后，他们命令我走在盐堆上。接着，萨乌尔细心地拔掉我三根指甲。接下来，伊萨伊锯掉我的牙齿。这工夫，特雷奈正唱道：

鬼天气

妨碍小鱼

鬼天气

妨碍小伙子

鬼天气

妨碍女孩子

小姐们不来

我们会一直等待……

　　"我认为，今夜这样就够了。"埃利亚斯·布洛克说
道，还同情地瞥了我一眼。

　　他抚摩我的下颏儿。

　　"您就进外国犹太人拘留所吧，"他对我说道，"我们
这就送您去法国犹太人牢房。眼下只有您一个人。其他人
会来的，您就放心吧。"

　　"所有这些毛头小伙子，都能谈论马塞尔·普鲁斯
特。"伊萨伊说道。

　　"我呀，一听人说起文化，就抽出我的大棒。"萨乌尔
也说道。

　　"我一棒子送他上天堂！"伊萨克附和道。

　　"好了，别吓着这个年轻人。"布洛克以恳求的语气
说道。

　　他转身向我：

　　"明天就确认您的罪行。"

　　伊萨克和萨乌尔带我进一间小屋。伊萨伊也随后来

了，递给我一套带条纹的睡衣。上衣上用黄线缝了一个星标，星标上有这样的文字："法国犹太人"。伊萨克在关上加固铁门之前，先绊了我一脚，我扑倒在地。

牢房里点着一只小夜灯。我很快就发现地上有好多吉列刀片。我这种癖好，吞噬刀片的疯狂渴望，警察是怎么猜出来的呢？现在我真遗憾，他们没有把我锁在墙上。这一整夜，我都不得不全身绷紧，咬自己的手掌，以免犯糊涂。只要有个多余的动作，我就有可能连续吞下这些刀片。一顿吉列刀片大餐。这真是坦塔罗斯①式的刑罚。

到了早晨，伊萨伊和伊萨克前来提我。我们沿着一条无穷无尽的楼道走，伊萨伊指了指一扇门，对我说进去。伊萨克则照后颈给了我一拳，就算作告别了。

他坐在一大张桃花心木办公桌后面，显然是在等我。他穿着一身黑色军装，我注意到他上衣翻领上有两颗"大卫星"。他叼着一支烟斗，这就更突显了他那副宽大的颚骨。如果再戴上一顶贝雷帽，他就真像约瑟夫·达尔南了。

"您就是拉斐尔·什勒米洛维奇吗？"他声音威武地

---

① 古希腊神话中，坦塔罗斯，触怒宙斯，被罚永世站在水中。

问我。

"对。"

"法国犹太人？"

"对。"

"您是昨天傍晚，在一艘犹太邮船上，被海军上将列维逮住的吗？"

"对。"

"引渡给法国警察当局，在这种情况下，才到了埃利亚斯·布洛克警官手上吗？"

"对。"

"这些颠覆性的小册子，都是在您的行李中发现的吗？"

他说着，递给我一卷普鲁斯特的作品、弗朗兹·卡夫卡的《日记》、卓别林、斯特罗海姆和格劳乔·马克斯的照片、莫迪里阿尼和苏丁绘画的复制品。

"好，我来自我介绍：我是托比·科安将军，'青年和重树道德观念'的特派员。现在，咱们废话少说，只讲实事儿。您为什么到以色列来？"

"我天生一种浪漫气质，平生就想看看我祖先的大地，否则死不瞑目。"

"然后，您打算还返回欧洲，对不对？重新开始装神弄鬼，表演您的木偶戏吗？不必回答，我了解这种老调：犹太人的担忧、犹太人的哀歌、犹太人的惶恐、犹太人的绝望……在不幸的境地中打滚，而且还求之不得，要重温犹太人集中营那种甜美气氛，重温大屠杀的快感！二者必居其一，什勒米洛维奇：要么您听从我的话，按照我的指示做，那就好极了！要么您玩下去，顽固到底，继续扮演流浪的犹太人，受迫害者，在这种情况下，我就还把您交到埃利亚斯·布洛克手上。埃利亚斯·布洛克，您知道他会怎么修理您吧？"

"对，将军！"

"我要向您指出，我们掌握所有必要的手段，能让您这类受虐狂小青年安静下来，"他说着，还擦了一滴眼泪，"就在上周，一名英国犹太人还想要滑头！他从欧洲来，又带来无休无止的故事；那些腻歪人的故事：犹太人聚居区呀，受迫害呀，犹太人民悲怆的命运呀！……他执意扮演让人活活剥了皮的角色！什么话也听不进去！就在此刻，布洛克和他的副手们正照顾他呢。我可以向您断言，他要吃大苦头！超出他可能抱的一切希望！他终于要亲身体验了，体验犹太人民悲怆的命运！他要求托克马达、正牌的希姆莱！这包在布洛克身上！他单独一个人，就抵得上所有审讯者和盖世太保。您真的执意要落入他的手掌中吗，什勒米洛维奇?"

"不，将军。"

"那好，请听我说：您现在到了一个年轻的国家，朝气蓬勃，很有活力。从特拉维夫到死海，从海法到埃拉特，再也没人对犹太人的不安、狂热、眼泪、厄运感兴趣。再也没人感兴趣了! 我们再也不愿意听人提起犹太人的批判精神、犹太人的聪明、犹太人的怀疑主义、犹太人的装腔作势、犹太人的屈辱、犹太人的不幸……（他泪流满面。）这一切，我们都留给您这类的欧洲唯美主义青年! 我们可是强悍的人，腭骨宽阔，我们是开拓者，根本不是普鲁斯特式的、卡夫卡式的、卓别林式的意绪第语歌手! 我要向您指出，最近我们在特拉维夫大广场，举行一次火刑判决仪式：普鲁斯特、卡夫卡及其一伙的著作，苏丁、莫迪里阿尼和其他没有脊梁骨的家伙的绘画复制品，都被我们的青年扔进火堆里烧毁。而我们的小伙子和姑娘们，同样是金发，蓝眼睛，宽肩膀，步态坚定，喜欢行动和打架，这些丝毫也不亚于希特勒青年!（他呻吟一声。）就在你们培养神经官能症的时候，他们却在练肌肉。就在你们长吁短叹的时候，他们却在合作农场里劳动! 您不感到羞愧吗，什勒米洛维奇?"

"怎不感到羞愧，将军。"

"好极了！那您就向我保证，永不再读普鲁斯特、卡夫卡及其一伙的作品了，别再垂涎莫迪里阿尼和苏丁的复制品，别再想卓别林、斯特罗海姆，也别再想马克斯兄弟，彻底忘了有史以来最阴险的犹太人，路易-费迪南·塞利纳！"

"我保证，将军。"

"我呢，会提供给您好作品看！我拥有大量法语著作：库尔图瓦写的《当头儿的艺术》读过吗？索瓦日写的《家庭复原和国家革命》读过吗？居伊·德·拉里古迪写的《我这一生的好牌》读过吗？海军少将德·庞芳唐尧写的《家长手册》读过吗？没有吧？您都要背诵下来！我想振作起您的精神！此外，我要立即把您送进劳教农场。您就放心吧，这种体验的时间也只有三个月。这段时间能增强您所缺乏的肌肉，并且使您消除犹太世界主义的毒素。明白吗？"

"明白，将军。"

"您可以支配，什勒米洛维奇。我们提到的书籍，我会命令人给您送去。您等着去内戈夫农场抢镐的时候看一看吧。用力握住我的手，什勒米洛维奇。见鬼，再用力些，请直视前方！下颏儿扬起。我们将要把您改造成为土生土长的以色列人！"（他失声痛哭。）

"谢谢，将军。"

*

萨乌尔又把我押回牢房。我挨了几拳，不过，这残暴
的看守从昨晚起，态度逐渐和缓了。我怀疑他隔着房门偷
听了。我在科安将军面前表现得那种驯顺，无疑给他留下
了深刻的印象。

晚上，伊萨克和伊萨伊押我上一辆军车，只见车上已
经有好几名青年，都是像我一样的外国犹太人，也都穿着
一身带条纹的睡衣。

"不准谈论卡夫卡、普鲁斯特及其一伙人。"伊萨伊
说道。

"我们一听到谈论文化，就要抽出大棒。"伊萨克也
说道。

"我们不大喜欢聪明。"伊萨伊又说道。

"尤其是犹太人的聪明。"伊萨克补充道。

"不要扮演小小殉道者的角色"，伊萨伊接着说道，
"搞笑的时间持续得够久了。你们在欧洲，面对那些基督
教徒，尽可以做鬼脸怪相。在这里，咱们是自家人，你们
就不必费那个劲了。"

"明白吗？"伊萨克问道，"你们可以唱歌，一直唱到终点。唱集体歌曲，对你们最有好处了。我唱一句，你们跟着唱一句……"

*

将近下午四点钟，我们到达劳教农场。一座混凝土的庞大建筑，四周围着铁丝网。一望无际，荒无人烟。伊萨伊和伊萨克让我们在铁栅门前集合，开始点名。我们一共八名劳教人员：三名英国犹太人、一名意大利犹太人、两名德国犹太人、一名奥地利犹太人，还有我本人，法国犹太人。集中营的领导露面了，挨个儿打量我们。这个金发的彪形大汉穿一套紧身黑军服，他这副样子，无法让我产生信赖之感。不过，他的上衣翻领上有两颗大卫星金光闪闪。

"显而易见，全是知识分子，"他怒不可遏，对我们说道，"这些人渣，怎么能改造成突击队员呢？你们高唱哀叹苦经，施展你们的批判精神，已经让我们的美名传遍欧洲。好吧，先生们，到这儿来就不要呻吟哀叹了，而是要强健肌肉。不要再批评了，而是要建设！每天早晨六点钟起床。现在，上楼去宿舍！动作要快些！跑步！一、二，

一、二！"

我们躺下睡觉之后，劳改场场长巡视宿舍，他身后跟随三个有着同他一样金发的彪形大汉。

"这是你们的看守，"他声音非常轻柔地说道，"谢夫里德·列维、关特·高安、赫尔曼·拉波波尔。这些大天使要调教你们！无论多小的事，只要不服从就处死！对不对呀，我的宝贝们？假如他们捣蛋，你们不必迟疑，当即灭掉他们……照太阳穴给一枪子儿，不容分说！明白吗，我的天使们？"

他亲热地抚摩他们的脸蛋儿。

"我不愿意让这些欧洲犹太人伤害你们的精神健康……"

*

早晨六点钟，谢夫里德、关特和赫尔曼给我们几拳，把我们从床上拉起来。我们又穿上带条纹的睡衣，被带进农场行政办公室。办公桌后面坐着一位棕褐色头发的年轻女子，身穿土黄色衬衣、蓝灰色军裤；我们要向她说出自己的姓氏、名字、出生日期。谢夫里德、关特和赫尔曼守在办公室门口。我的伙伴们回答了那年轻女子的问题，都先后离开了办公室。轮到我了。年轻女子抬起头来，直视我的眼睛。她同达尼娅·阿西塞夫斯卡很相像，犹如孪生姊妹。她对我说道：

"我叫蕾贝卡，我爱您。"

我不知如何回答。

"事情是这样，"她向我解释道，"他们要杀了您。今天晚上您必须离开。这事包在我身上。我是以色列军队的军官，不必向场长请示汇报。我谎称要去特拉维夫，参加一次参谋部会议，向他借用一辆军车。您跟我一起走。我再偷了谢夫里德的所有证件，交给您用。这样，您暂时就毫不担心警察了。然后，咱们再商议怎么办。咱们可以乘第一艘开往欧洲的邮船，到地方就结婚。我爱您，我爱您。今晚八点钟，我会让人叫您来我办公室。出去！"

＊

我们在烈日下砸石子儿，一直干到下午五点钟。我从来没有抢过铁镐，这双美丽的白手磨出泡，流了很多血。谢夫里德、关特与赫尔曼监视我们，在一旁抽好彩牌香烟。一天当中任何时候，他们都没有讲一句话，想必他们是哑巴。谢夫里德抬起手来，向我们表示收工了。赫尔曼走向那三名英国犹太人，掏出手枪，瞄也不瞄就把他们撂倒了。他点着一支好彩牌香烟，边抽边凝望天空。三名看守草草埋了三名英国犹太人，又押我们回农场。他们允许我们隔着铁丝网，观赏荒漠。晚上八点钟，赫尔曼·拉波波尔来找我，带我去农场行政办公室。

"我想开开心，赫尔曼！"蕾贝卡说道，"把这个犹太小青年留给我吧，我带他去特拉维夫，强暴了他，再要他的小命，说到做到！"

赫尔曼点了点头。

"现在，咱们俩拼一场！"她以威胁的声调对我说道。

等拉波波尔一离开房间，她就温柔地握住我的手。

"咱们片刻也不能耽误！随我走！"

我们出了农场的大门，上了军车。她坐到驾驶座位上。

"咱们自由啦！"她对我说道，"等一会儿，咱们就停车。你换上我刚偷的谢夫里德·列维的军装。他的证件也都在里兜里呢。"

将近夜晚十一点钟，我们到达目的地。

"我爱你，我也渴望返回欧洲，"她对我说道，"这里只有野蛮人、士兵、不切实际的人，以及令人厌恶的人。到了欧洲，咱们就能过上平静的日子，可以给咱们的孩子念卡夫卡的作品。"

"对，我的小蕾贝卡。咱们去跳舞，跳个通宵、明天早晨就乘第一趟轮船去马赛！"

我们在街上遇见的士兵，都立定向蕾贝卡敬礼。

"我是中尉，"她微微一笑，对我说道，"然而，我现在最急于干的一件事，就是将这套军装扔进垃圾筒，回到欧洲。"

蕾贝卡知道特拉维夫有一家秘密夜总会，那里伴舞的音乐，是查拉·利恩德尔和玛尔莱娜·迪特里克的歌曲。那地方特别受军中年轻女子的青睐。她们的骑士进门时，要换上空军军官服。柔和的灯光有利于倾吐感情。他们跳的第一支舞是探戈：《风为我歌一曲》。查拉·利恩德尔的歌声令人陶醉，他在蕾贝卡的耳畔悄声说："你是我渴望的春天"。第二支舞曲：《美好的时代》。他搂住她的双肩，久久地吻她。拉拉·安德逊的声音很快盖住扎拉·利恩德尔的歌声。《莉莉玛莲》刚唱了几句，他们就听见响起警笛声。周围一阵大乱，可是谁也出不去了。埃利亚斯·布洛克警官，以及萨乌尔、伊萨克和伊萨伊冲进大厅，每人手里都举着手枪。

"所有这些小丑都给我带走，"布洛克吼道，"先迅速检查一下每人的身份。"

轮到什勒米洛维奇的时候，尽管他穿着空军军官服，布洛克还是认出他来。

"怎么？什勒米洛维奇？我还以为您被送进劳改农场了！竟然穿着空军服，更加不可思议了！毫无疑问，这些欧洲犹太人真是不可救药。"

布洛克指着蕾贝卡对他说道：

"您的未婚妻吧？肯定是法国犹太女人吧？还冒充以色列军队的中尉！玩得越来越油啦！喏，这些是我的朋友！我是善良的王子，我邀请你们喝香槟酒！"

一群吃喝欢乐的人立刻围了上来，轻快地拍他们的肩膀。什勒米洛维奇认出富热尔-朱斯加姆侯爵夫人、列维-旺多姆子爵、保罗·阿维卡瓦、索菲·克努特、让法鲁克·德·梅罗德、奥托·达·西尔瓦、伊戈尔先生、年迈的男爵夫人莉狄娅·斯塔尔、舍里切夫-德博拉佐夫王妃、路易-费迪南·塞利纳，以及让-雅克·卢梭。

等到大家都落了座，让法鲁克·德·梅罗德宣布：

"我刚刚卖给国防军五万双鞋。"

"我呢，卖给海军一万罐油漆。"奥托·达·西尔瓦也说道。

"各位知道吗？伦敦广播电台的童子军判处我死刑啦！"保罗·阿雅卡瓦则说道。"他们称呼我是'干邑白兰地最无用的纳粹'！"

"诸位不必担心，"列维-旺多姆接口道，"我们收买了德国人，同样也能收买法国抗战分子，以及英国和美国人！我们要时刻牢记我们的主人约阿诺维西的这句格言：'我并没有出卖给德国人，而是我，约瑟夫·约阿诺维西，犹太人，收买德国人。'"

"将近一个星期了，我在为讷伊的法国盖世太保干事。"伊戈尔先生声明一句。

"我是巴黎最出色的告密者，"索菲·克努特说道，"有人称我'守门员小姐'。"

"我赞赏那些盖世太保，富热尔-朱斯加姆。他们更有男子气概。"

"您说得对，"舍里切夫-德博拉佐夫王妃附和道，"所有这些杀手都能让我发情。"

"德国占领也有好处。"让法鲁克·德·梅罗德也说道，他还显摆一个紫鳄皮钱包，只见里面塞满了钞票。

"巴黎也平静多了。"奥托·德·西尔瓦则说道。

"就连树木都明显呈现出金黄色。"保罗·阿雅卡瓦接口道。

"还有，能够听见钟鸣。"列维-旺多姆补充一句。

"我祝愿德国胜利！"伊戈尔先生干脆说道。

"你们要吸好彩牌香烟吗？"富热尔-朱斯加姆侯爵夫人问道，同时递给他们一只镶嵌绿宝石的白金烟盒。"有人从西班牙定期给我发运过来。"

"不吸，喝香槟酒吧！马上为守门员小姐的健康干杯！"索菲·克努特说道。

"也为盖世太保的健康干杯！"舍里切夫-德博拉佐夫王妃说道。

"去布洛涅树林走一走好吗？"布洛克警官转向什勒米洛维奇，提议说。"我想出去透透气！您的未婚妻可以陪我们一起去。到了午夜，我们再回到星形广场，同这小伙人最后干一杯酒。"

他们来到皮加勒街人行道上。布洛克警官指给他看，夜总会门前停着三辆白色德拉哈耶牌轿车、一辆黑色前驱动轿车。

"我们那小帮人的车！"布洛克向他解释道，"这辆前驱动车，我们是用来大逮捕的。您若是同意的话，我们就挑一辆德拉哈耶轿车吧，这会更快活些。"

萨乌尔坐到驾驶座，布洛克和什勒米洛维奇坐在前座，而伊萨伊、蕾贝卡和伊萨克坐在后排座。

"你们到大公爵夜总会干什么？"布洛克警官问他。"你们不知道吗，这家夜总会是法国盖世太保和黑市走私商专用的？"

他们到达歌剧院广场。什勒米洛维奇注意到一条横幅大标语，上面写着："普拉茨司令部"。

"驾驶德拉哈耶轿车兜风多开心啊！"布洛克又对他说道。"尤其在巴黎，一九四三年五月份这时候。对不对呀，什勒米洛维奇？"

他定睛注视什勒米洛维奇，目光既温柔又善解人意。

"我们要达成共识，什勒米洛维奇：我不愿意违背使命。多亏了我，您肯定能荣获殉道勋章，这是您有生以来一直追求的。对，这是别人所能给您的最好的礼物，等一会儿，您就会从我手中接过去：照准您的脖颈一阵乱枪！在那之前，我们先清除您的未婚妻。这样您满意吗？"

什勒米洛维奇为了克制恐惧的心理，便咬紧牙关，集中回想几件往事：他同爱娃·布劳恩，以及同伊尔达·莫祖什拉格的爱情；他在一九四〇年夏季，身穿党卫军服，头几次在巴黎散步的情景：新世纪开始了，他们将要净化世界，永远医好犹太麻风病。他们一个个面孔明澈，头发金黄。后来，他的装甲车碾压了乌克兰的麦田。再后来，他又跟随隆美尔，驰骋沙漠。他在斯大林格勒受了伤。在汉堡，磷弹将解决余下的一切。他始终追随着自己的领袖。他还能让这个埃利亚斯·布洛克吓住吗？

"脖颈挨一阵乱枪！您说怎么样，什勒米洛维奇？"

布洛克警官再次审视他。

"您这种人，就是挨棍棒打的时候，脸上也挂着凄惨的微笑！真正的犹太人，百分之百犹太人，'欧洲制造'。"

他们驶进布洛涅树林。他想起在伊芙琳小姐的看护下，在卡特朗牧场和大瀑布那里度过的下午，他也不会拿童年回忆来烦您。您就看看普鲁斯特的作品，恐怕更好一些。

萨乌尔将轿车停到金合欢路中间。他和伊萨克将蕾贝卡拉下车，就当着我的面强奸了她。布洛克警官早有防备，已经给我戴上了手铐，车门也上了锁。其实，不管怎样，我也不会有丝毫举动保卫我的未婚妻。

我们的轿车朝巴加泰勒方向驶去。伊萨伊比他的两个同伴高雅，他托住蕾贝卡的脖颈，将他的阴茎插进我的未婚妻嘴里。布洛克警官用匕首轻轻刺我的大腿，结果不大工夫，我这笔挺的党卫军裤子就渗出血来。

继而，轿车停到卡斯卡德十字路口。伊萨伊和伊萨克又将蕾贝卡从车里拉出去。伊萨克揪住她的头发，将她摔倒在地。蕾贝卡哈哈大笑。这笑声扩大开来，由回音传遍整个树林，还继续扩展，达到惊人的高度，最后破裂成号啕大哭。

"您的未婚妻被清洗了，"布洛克警官喃喃说道，"您也不要太伤心了。我们应当去找我们那些朋友了！"

在星形广场，那帮人的确在等我们。

"现在是宵禁时间，"让法鲁克·德·梅罗德对我说道，"不过，我们有特殊证件。"

"我们去'一、二、二'，您说好吗？"保罗·阿雅卡瓦向我提议，"那里的姑娘妙极了。还不用花钱！只要出示我这法国盖世太保证件就行了。"

"咱们去这个街区的几个走私巨头的家，搜查一通怎么样？"伊戈尔先生说道。

"我更愿意去抢一家珠宝店。"奥托·达·西尔瓦则说道。

"或者抢一家古董店，"列维-旺多姆却说道，"我答应给戈林弄到三张督政府式样的写字台。"

"搞一场大逮捕，大家说怎么样？"布洛克警官问道，"我知道抗战分子在勒皮克街有个窝点。"

"好主意，"舍里切夫-德博拉佐夫王妃高声说道，"咱们就到耶拿广场，在我的公馆里拷打他们。"

"咱们是巴黎之王。"保罗·阿维卡瓦说道。

"全仰仗咱们的德国朋友。"伊戈尔先生补充道。

"咱们尽情寻欢作乐吧！"索菲·克努特也说道，"特殊证件和盖世太保就是咱们的护身符。"

"但愿这日子能长久！"年迈的莉狄娅·斯塔尔男爵则说道。

"咱们身后，管他洪水滔天！"富热尔-朱斯加姆侯爵夫人来了一句。

"走吧，去洛里斯通街指挥所！"布洛克说道，"我收到三箱威士忌。这下半夜，咱们痛快地打发掉。"

"您说得对，警官，"保罗·阿雅卡瓦附和道，"况且，别人称呼咱们'洛里斯通街帮'，也不是毫无道理的。"

"洛里斯通街！洛里斯通街！"富热尔-朱斯加姆侯爵夫人和舍里切夫-德博拉佐夫齐声嚷道。

"不必乘车，"让法鲁克·德·梅罗德说道，"咱们就走着去。"

直到此刻，他们对我的态度挺和善，然而，我们刚刚跨进洛里斯通街，他们就全开始审视我，那神情真让人受不了。

"您是谁？"保罗·阿雅卡瓦问我。

"情报部门的特工吗？"索菲·克努特也问我。

"您说说清楚。"奥托·德·西尔瓦对我说道。

"您这副嘴脸我看不顺眼！"老男爵夫人莉狄娅·斯塔尔冲我来了一句。

"您为什么化装成党卫军?"让法鲁克·德·梅罗德追问我。

"出示您的证件。"伊戈尔先生以命令的口气对我说道。

"您是犹太人吧?"列维-旺多姆问我,"好了,招认吧!"

"您总是以马塞尔·普鲁斯特自居吗,小骗子?"富热尔-朱斯加姆侯爵夫人也质问道。

"他最终得向我交待清楚,"舍里切夫-德博拉佐夫王妃断言道,"到洛里斯通街,死人也得说。"

布洛克又给我戴上手铐。其他人追问得更凶了。我突然一阵恶心,真想呕吐,赶紧扶住一扇大门。

"没时间这样耗了,"伊萨克对我说道,"走吧!"

"忍一忍,"布洛克警官也对我说道,"马上就到了,是93号。"

我踉跄几步,就瘫倒在人行道上。他们围住我。让法鲁克·德·梅罗德、保罗·阿雅卡瓦、伊戈尔先生、奥托·达·西尔瓦和列维-旺多姆,都身穿粉红色漂亮的常礼服,头戴无边软帽。布洛克、伊萨伊、伊萨克和萨乌尔仍然穿着绿色雨衣,就显得规整多了。富热尔-朱斯加姆侯爵夫人、舍里切夫-德博拉佐夫王妃、索菲·克努特和老男爵夫人莉狄娅·斯塔尔，每人都穿着水貂大衣，戴着无数钻石。

保罗·阿雅卡瓦抽着雪茄，不经意地将烟灰抖到我脸上。舍里切夫-德博拉佐夫王妃用高跟鞋逗弄他的脸蛋。

"怎么，马塞尔·普鲁斯特，还不想起来吗?"富热尔-朱斯加姆侯爵夫人问我。

"坚持一下，什勒米洛维奇，"布洛克警官恳求我，"穿过马路就到了。您瞧对面，就是93号……"

"这个年轻人很固执，"让法鲁克·德·梅罗德说道，"对不起，我要喝口威士忌，嗓子干我就受不了。"

他穿过街道，保罗·阿雅卡瓦、奥托·达·西尔瓦和伊戈尔先生都跟上去。他们进入93号，临街的门又关上了。

索菲·克努特、老男爵夫人莉狄娅·斯塔尔、舍里切夫-德博拉佐夫王妃，以及富热尔-朱斯加姆侯爵夫人，不大工夫也去同他们会合了。临走时，富热尔-朱斯加姆脱下水貂大衣，裹在我身上，她凑到我耳边小声对我说：

"这将是你的裹尸布。别了，我的天使。"

只剩下布洛克警官、伊萨克、萨乌尔、伊萨伊和列维-旺多姆。伊萨克抓住我的手铐链子，试图把我拉起来。

"别管他了，"布洛克警官说道，"他躺下会好受些。"

萨乌尔、伊萨克、伊萨伊和列维–旺多姆走到街对面，坐在93号的台阶上，一边注视我一边流泪。

　　"等一会儿，我也要去同他们会合！"布洛克警官对我说道，声音变得悲凄了，"洛里斯通街还要像往常那样，威士忌和香槟汩汩流淌。"

　　他的脸凑近我的脸。毋庸置疑，他同我的老朋友亨利·尚贝兰–拉丰一模一样。

　　"您就穿着党卫军服死吧，"他对我说道，"您很感人，什勒米洛维奇，非常感人！"

　　从93号窗户，我听见传出几声大笑、一首歌曲的副歌：

　　　　我喜爱杂耍歌舞剧院

　　　　喜爱杂耍演员

　　　　舞女轻快的表演……

　　"您听见了吧？"布洛克问我，他已经热泪盈眶，"在法国，一切都以歌曲结束！因此，您要看得开，保持好情绪！"

　　他从雨衣右兜掏出手枪。我站起来，摇摇晃晃往后退。布洛克警官两眼盯视着我。而在街对面的台阶上，伊萨伊、萨乌尔、伊萨克和列维-旺多姆一直在流泪。我凝望了一会儿93号的门脸，只见在玻璃窗里面，让法鲁克·德·梅罗德、保罗·阿雅卡瓦、伊戈尔先生、奥托·达·西尔瓦、索菲·克努特、老男爵夫人莉狄娅·斯塔尔、富热尔-朱斯加姆侯爵夫人、舍里切夫-德博拉佐夫王妃、视察员博尼，都向我做鬼脸，用拇指顶着鼻头并摇动四指表示轻蔑。我很熟悉的一种轻快的惆怅，侵入我的心扉。刚才蕾贝卡大笑，是有其道理的。我集中全身最后的力气，憋出来的却是一种神经质的、虚弱的笑声。这笑声很快扩大，以致我全身振动，弯下腰去。我完全定下神儿来，不在乎布洛克警官慢慢逼近了。他举着手枪吼道：

"你还笑？你还笑？你就骗吧，犹太小子，愚弄吧！"

我的脑袋爆开，但不清楚是子弹打的，还是乐开了花。

*

房间的蓝墙壁和窗户。我的床头站着西格蒙德·弗洛伊德大夫。为了确认我不是做梦，就抬起右手抚摩我的秃顶。

"……是昨天夜里，我的几名男护士在法兰士-约瑟夫码头将您救起，送到我这波茨兰村的诊所。用一种精神疗法，让您的头脑清醒起来。可以保证，您将会变成一个健康乐观、喜欢体育的年轻人。对了，我建议您看一看《关于犹太问题的思考》，这是您的同胞让-保尔·施韦策·德·拉-萨特的一篇深刻的论文。无论如何，您应该明白这一点：'犹太人并不存在'，正如施韦策·德·拉·萨特非常尖锐地这样指出。您并不是犹太人。在芸芸众生中，您不过是一个普通人。再向您重复一遍，您不是犹太人，您在昏迷狂乱中，仅仅产生一些幻觉、幻视，不过如此，一种非常轻微的妄想狂……我的孩子，没有人想害您，大家只想同您和睦相处。现在我们生活在清平世界。希姆莱已经死了，当时您还没有出生，怎么可能记得这些事情。好了，理智一点儿吧，我恳求您了，我祈求您了，请您……"

我不再听弗洛伊德大夫讲什么了。然而，他却跪倒在地，伸出双臂规劝我，双手还抱住脑袋，绝望地满地打滚，又四脚爬行，学狗汪汪叫，坚持敦促我放弃"昏迷狂乱的幻觉"，放弃"犹太式的神经官能症"，放弃"犹太妄想症"。见他这种状态，我很诧异，想必我在这里，让他无所适从吧？

"不要这样手舞足蹈了！"我对他说道，"我只接受巴尔达穆大夫给我治疗。巴尔达穆·路易-费迪南……跟我一样是犹太人……巴尔达穆。路易-费迪南·巴尔达穆……"

我站起身,步履艰难地一直走到窗口。精神分析医师躲在角落哭泣。窗外雪和阳光辉映,波茨兰村公园熠熠闪光。一辆有轨电车从林荫路驶来。我想到别人向我提议的前景:由弗洛伊德大夫精心治疗,病很快就能治好,而在诊所门口,男男女女都以热切而友好的目光等待我。世界上处处都是令人赞叹的建筑工地、嗡嗡作响的蜂房。美丽的波茨兰村公园,就在近前,绿树成荫,小路撒着阳光……

我悄悄溜到精神分析医师的身后,拍了拍他的脑门,对他说道:

"我很累,非常累……"

坚守如一的作家

我着眼于经典文学的翻译，很少眷顾当代文学，帕特里克·莫迪亚诺是我最早介绍的作家之一，而且一气就翻译了他的三部小说，这也是独一无二的。在人民文学出版社二〇〇四年度最佳外国小说评审时，我力荐了《夜半撞车》。二〇〇七年，上海九久读书人约我组稿再版莫氏的小说，四部中《星形广场》是我新译的。上世纪末，莫迪亚诺的女儿，如果我没记错，名叫玛丽，参加暑期汉语培训班来到北京，通过带队的汉学家白乐桑约我见面。我交给她漓江版的两本书（包括六篇小说），题赠给她的父亲。可见，我同莫迪亚诺虽未谋面，还是相交匪浅。

百变不如一坚守

翻译他的几部小说，最初印象就是每本书都写寻找，追寻自己的记忆和别人相关的记忆，在迷茫中寻找迷茫的过去。他的小说串联起来，宛如回旋曲，反反复复演奏着同样的旋律。

莫迪亚诺获奖后，终于出面澄清："我一直觉得，在过去的四十五年里，我一直在写同一本书。"写同一本书，意味表现同样的主题，在图新求变成为潮流的今天，他这样坚守如一实属罕见。采访者问他，差不多五十年来，不同的美学潮流前赴后继，他似乎并没有受到影响。莫迪亚诺明确回答：他对理论没兴趣。他不为新潮所动，那么受什么动力支撑，坚守如一写作下去呢？

普鲁斯特用后半生写下长河小说《追忆似水年华》，是什么动力使他坚持下来的呢？不过是"追忆"二字。莫迪亚诺的处女作《星形广场》，有一个情节值得注意，主人公犹太青年什勒米洛维奇要模仿普鲁斯特的《追忆似水年华》，写一种小说体的传记。比物此志，是莫迪亚诺有心抑或无意透露出来的信息呢？纵观莫迪亚诺文学创作历程与成果，至少可以得出这一结论：他同样是"用记忆的艺术"，构建了他的文学世界。

现在再看他这文学世界的第一块基石，二十二岁写成的《星形广场》，能说那时他就预见了他要创建的世界吗？恐怕未必。他向采访者坦言："总是写同样的主题和意象，我写作的时候毫无意识，是后来才觉察到的。"由此可见，他在初创时期，也只有一种朦胧的蓝图。从无意识到逐渐意识明确起来，坚持一条道走到"黑"，并不是规划好了的，不像普鲁斯特那样，事先就画出了清晰的路线图；但是毫无疑问，两者都有一种无比强大的内动力——记忆。

记忆的万花筒

莫迪亚诺被父母遗弃的童年、动荡不安的青少年岁月，给他留下了萦怀一生的记忆。他自己就坦承："我的童年让我感到恐惧，有一些人的形象给我留下了强烈的印象，并深深地镌刻在我的记忆之中。"不过，这只是记忆的一个方面，他还有没来得及记下来的记忆，还有他出生前就存在的记忆。这阵势可就大了，记得的和不记得的、生前就存在的记忆，在他的头脑里就化为一个奇妙的万花筒。

记忆的万花筒，是由莫迪亚诺制造的，打着"纽约，什勒米洛维奇公司"的标牌。这种品牌的万花筒具有特异的效果："一张人脸，由上千发光的碎片组成，形状不断地变化……"意味深长的是，这个公司是《星形广场》的主人公犹太青年什勒米洛维奇的父亲开的。莫迪亚诺大玩了一把，在万花筒里看到了这个犹太青年千变万化的形象，于是诞生了他的处女作《星形广场》。

巴黎星形广场位于著名的香榭丽舍大道西端，中心矗立着凯旋门，道路向四面八方辐射。处女作采用这个地名，以及这个广场的特点，自不待言，在莫迪亚诺心中藏有重大的寓意。书中那个犹太青年登上蒙马特尔山顶，向巴黎宣战："现在，巴黎，我们两个拼一拼吧！"就像巴尔扎克笔下那个野心勃勃的青年拉斯蒂涅。莫迪亚诺是个老巴黎，肯定多次登上蒙马特尔山，但他在二十来岁的时候，是否也向巴黎宣过战，就不得而知了。不过，这个场面至少透露出青年莫迪亚诺的心声，他在《星形广场》中，不是表示要效仿普鲁斯特吗？而且他还明确说"要占有普鲁斯特和塞利纳的笔、莫迪里阿尼和苏丁的画笔，要占有格劳乔·马克斯和卓别林的怪相"。

莫迪亚诺要占有的这些：记忆的艺术、流浪汉文学、现代派画笔和人生怪相等等，也许都是他出生前的记忆吧；还有他父母生他之前，在二战期间不光彩的经历，这一切，经过他忘却的记忆的加工，切成无数发光的碎片，放进万花筒中。于是，他从这个自家制造的万花筒里，摇晃出来五花八门的场景，构成了《星形广场》。这部小说通篇笼罩着虚幻的气氛，各色人物和每个事件似真似幻，在错乱的时空中交汇，盘根错节，扑朔迷离，构成了亘古至今少见的人世乱局。各种形式的记忆，在这部小说里化为梦幻，打破了政治、宗教、文明的所有禁忌，拿各种大人物和名人开涮，首先就自占田地，拿他出身的犹太家庭和自己的犹太人身份开涮，文笔犀利，痛快淋漓，充分显示一个为逃避兵役而注册大学、一堂课不上而混社会的文学青年冲击文坛的凶猛锐气。

读书识作者

莫迪亚诺的处女作，因有嘲讽以色列设劳改农场对付投奔去的犹太人的情节，由伽利玛出版社搁置了一两年，但是一经出版，便吸引了读者和批评界新奇的目光。这部小说规范而犀利的语言、虚实悬念的叙述、梦幻的气氛、交错的时空和杂糅的事件，构成了莫迪亚诺的独特风格，也成为他文学创作的基因。

这个记忆的万花筒初试成功，他就照例玩下去，越摆弄越熟练，每摇晃一阵，就摇出一群新的人物、一幕幕新场景，即摇出一部新作品。莫迪亚诺的文学创作，总括说来，也可以比作星形广场，他从辐射的一条条路出发，又一次次回到广场中心的凯旋门。每一趟行程就是一部小说，陆续创作出《夜巡》(1969)、《环城大道》(1972)、《暗店街》(1977)……

这些小说基本遵循同一模式：从现时一个点（一张旧照片，一个场景）出发，回忆（最魂牵梦萦又最模糊的那段时光），寻找（往往以探案的手法和精神分析的方法），悬疑接着悬疑（从一条线索引到另一条线索，牵着主人公的好奇心），始终走在探寻的路上（时而向前，时而倒退，在谜团中打转），最终（无论要寻找什么，要确认什么）回归原点：难以把握的命运。

莫迪亚诺和普鲁斯特的文学创作，虽然都以记忆为内动力，但一个是记忆的梦游，一个是记忆的追寻，一个呈现虚幻，一个体现真切，两者有本质的差异。

以我看来，莫迪亚诺的文学创作类似滚雪球。《星形广场》这个核心，基因的凝聚力很强，一路滚来，越滚越大，团团黏附了他的近三十部小说。这样一个重量级的大雪球，今天终于滚到了诺贝尔文学奖的评委们面前。

李玉民

二〇一四年十月

于诺贝尔文学奖发布之后